KÖHLMEIER • HOOCHIE-COOCHIE MAN

MICHAEL KÖHLMEIER

Hoochie-Coochie Man

Rap Novel

Wieser Verlag

Wieser Verlag
ZaložbaWieser
•
Klagenfurt/Celovec · Wien · Ljubljana · Berlin

A-9020 Klagenfurt/Celovec, 8.-Mai-Straße 11
Tel. +43(0)463 370 36, Fax: +43(0)463 376 35
office@wieser-verlag.com
www.wieser-verlag.com

Lektorat: Gundula Wagenbrenner
ISBN 978-3-99029-654-7

Kindheit

1

»Nun komm, mein Schatz, ich mach dir Platz
ganz dicht bei meinem Schoß!
Da krochen Männer gern hinein –
heraus kroch einer bloß:

mein Liebling nämlich, du allein,
mein Hoochie-Coochie Söhnchen,
mein süßer Ahornsaft, nur du,
mein handliches Patrönchen,

mein Apfelputz, mein Kürbiskern,
mein Rotwein mit Oliven …
So gern denk' ich daran, als wir
in unsrem Nestchen schliefen

und uns mit Haut und Haaren fraßen …« –
So hat meine Mama gesprochen.
Und gab mir einen Kuss. Da ist
mein kleines Herz zerbrochen.

»Ich stelle fest«, so fuhr sie fort,
»ich lebe nur mehr fast.
Ach, Hunderte lagen auf mir drauf.
Nun kommt mein letzter Gast.«

Sie hat noch Inventur gemacht:
gewöhnlich – zärtlich – hart.
Ein Leporello von sieben Metern,
geordnet nach Datum und Art.

»Da waren feinste Gentlemen
und wilde bärtige Horden,
da waren Soldaten, weiß wie Kitt,
die kamen aus mitten dem Morden,

und Pfarrer, die ihrem Jesus an
den gipsernen Hintern greifen
und dann die braven Sünder am Ohr
ins Abendfernsehn schleifen;

Computerfachleute waren dabei,
bekehrte Kommunisten,
meschuggene Witwer, die niemals nie
die Frau und die Kinder küssten;

und bleiche Bälger von bleichen Punks,
noch unaufgeklärt in der Liebe,
die meinten, die Kinder wachsen wie
im Frühling die Haselnusstriebe;

Politiker, korrupt wie nur sie,
dazu eine Negerkapelle,
mit Schwänzen, jeder bierflaschengroß –
ich rief, und sie waren zur Stelle.

Und ihre Tröpfchen mischten sich
zu einem großen Tropfen,
den tat der Engel des Herrn verkneten
und mir in den Uterus stopfen.

Und so bist du geworden, mein Sohn.
Doch jetzt musst du selber sehen,
wie's weitergeht in deiner Welt,
denn meine tut vergehen.«

So sprach die Mama, die schöne Hur,
die schönste von allen Matronen.
Und weiter: »Mein Racker, kauf ein Gewehr
mit hunderttausend Patronen

und dann zieh los in die weite Welt
und schieß sie alle in Stücke,
kein Mitleid soll sein und kein Gewissen,
zertrete sie wie eine Mücke!

Es langt, mein Liebling, wenn's einen gibt,
nur einen, mehr braucht's nicht,
auf den du schaust wie ich auf dich,
das langt vor dem höchsten Gericht.«

Sie straffte sich und schwankte und fiel
darnieder zum letzten Sturz –
»Nur einen Kuss noch!«, hauchte sie,
dann fuhr der letzte Furz

heraus aus dem lieben Mamaarsch,
es donnert und knattert und pufft
knapp hinter dem großen Tor zur Welt
hinein in die frische Luft.

2

Da steh' ich nun, zehn Jahre alt,
mit Muskeln wie geschwollen,
und rate allen Erdenbewohnern,
dass sie sich in Acht nehmen sollen.

Und weil wir's grad von Feinden hatten:
Nein, Freunde hab' ich keine.
Ich zieh' kein freundliches Gesicht,
ich lächle wie die Steine.

Ich kenne die zehn Gebote nicht,
und wenn ich sie kennte, sie wären
mir mindestens so scheißegal
wie du den Millionären.

So starte ich in die Welt hinaus,
bewaffnet mit Rotz und Tränen
und keinem wahren Glauben, jedoch
mit spitz gefeilten Zähnen.

Und apropos Hände: Ich warne, sie können
fast nichts auf der Welt gut leiden!
Sie sind noch böser, als ich es bin.
Sie sind der Wolf von uns beiden.

Sie würgen, während ich knie und bete,
und sagen, sie sein's nicht gewesen;
sie stehlen frech vom reichen Mann
und nehmen vom armen die Spesen,

und sehen doch zart und unschuldig aus,
als ob sie Klavierspielen können,
derweil sie dir das Metzgermesser
hinein in dein Bauchfett rennen.

Gesetze sollen sein, was sie sind,
für mich sind sie Dreck von hinten.
Gefällt's dir, dann werde Mitglied in
der Bande der Übelgesinnten.

Du fragst: Wie kommt er dazu, so zu sein,
so eingebildet wie Moses?
Ich antworte: Weil ich ein Arschloch bin
und zwar ein riesengroßes.

3

Ich sagte, Freunde habe ich nicht.
Ein Freund heißt für mich: Bruder.
Und Freundin heißt: Schwester. Die einen sind
die Gauner, die andern die Luder.

Da ist als erster der Kaugummimann,
verdünnt und biegsam und lang.
Der legt dir den Arm um deinen Hals,
als hingest du oben am Strang.

Ich hab' ihn getroffen, da war er erst acht,
verlassen, verlottert, verdreckt.
Ein Stündchen noch, dann wär' dieses Knäuel
in seinem Winkel verreckt.

Er hat nie Mutter und Vater gehabt,
er war von Anfang an allein.
Die Knochen gebrochen, Muskeln keine –
die Augen aber wie Stein.

Die Augen waren's, die Augen haben
mir kundgetan, wer der ist:
ein künftiger Teufel, ein Assasin,
ein Mörder, ein Terrorist.

Durch Spalten und Löcher gleich dem Aal
im kalten, trüben See,
so wird er sich winden, unsichtbar
wie eine böse Idee.

Und die hier ist die Haarfraßmarie!
Ihr glaubt, ihr seht einen Schatten.
Die Farben haben ihr weggenommen,
die alle Farben schon hatten.

Am besten, sie stellt sich selber vor.
Wenn's geht, bitte, nicht erschrecken.
Und spannt einen Schirm auf, sie spuckt beim Sprechen,
ihr Magensaft macht Flecken.

»Ich werde Haarfraßmarie genannt,
weil sonst kein Name wollte,
dass er für eine, wie ich eine bin,
eine solche, herhalten sollte.

Ich habe kaum Gesicht, mein Kopf
hat außen Federn und
im Inneren ist auch etwas,
und vorne hängt der Mund.

Die Bande sagt, bei mir genügt,
wenn ihr mich vor euch seht,
damit die dünne Scheiße euch
ins Unterhöschen geht …«

Das reicht! Und nun mach rundum sauber!
Und zieh die Burka an.
Dann respektiert dich wenigstens
der fromme Muselmann.

Und der hier – Bruder zeig dich her! –,
wird allgemein genannt:
der Leuchtturm. Weil er leuchten kann
mit Witz bis an den Rand.

Doch niemand hat ihn ästimiert.
Man hat ihn weggetan
gleich nach der Geburt, bis heute hat er
nur einen einzigen Zahn.

Dein Zahn, mein Großer, sagte ich,
der kann, was wir nicht können.
Zwar nämlich mit einem einzigen Biss
das Meer vom Himmel trennen.

Mehr hat es nicht gebraucht – stimmt's, Bruder?
Kommt her und schaut ihn an!
Und hört ihn an! Es reicht, dass er
sich selbst beschreiben kann:

»Das stimmt, da hat er recht, das stimmt,
da hat er recht, es stimmt,
weil, wo er recht hat, hat er recht,
das ist so, ganz bestimmt.«

Der vierte im Bund der Übelgesinnten
heißt Negerzigeunerindianer,
ist schwul und alles andere auch
und rechtester Republikaner.

Er schimpft sich selbst einen Krüppel, weil
die Hand nur vier Finger zählt,
weshalb er, wenn er auf dich schießt,
nicht selten sein Ziel verfehlt,

und neben dir dein Eheweib
mit seinen Pfeilen trifft –
was ihn nicht juckt, gesetzt, es kommt
zu einer Klageschrift,

denn ungern erhebt sich ein Richter und
gesteht vor der Presse ein:
Auch Negerzigeunerindianermännern
gelingt es, schuldig zu sein.

Nun Achtung, Damen und Herren, die nächste,
die übertrifft uns alle:
Sie ist ein Mensch, doch glaubt man, sie sei
ein Bastard aus Storch und Qualle.

Im spitzen Knochengerüst hängt ein Sack
gefüllt mit Innereien.
Der Kaugummimann erklärte mir,
dass sie ein Liebespaar seien.

Hässlichkeit zu Hässlichkeit –
Rein gar nichts spricht dagegen.
Ich habe die beiden getraut. Der Qualle
verpasst' ich den doppelten Segen:

Zuerst ein Kuss auf die blasse Zunge –
ein Nacktmull, nur noch blasser –,
im heiligen Dom drückte ich ihr den Kopf
hinein ins geweihte Wasser,

so lang, bis ihr trauter Kaugummimann,
umspült von Orgelakkorden
und allerfeinstem Kastratengesang,
mir drohte, mich zu ermorden.

Er presst' mir die Kehle mit seiner weichen
und dennoch unheimlich festen,
verdammten Faust. Ich ließ los und sagte,
ich hätt' ihn nur wollen testen,

ob er der Qualle auch würdig sei.
»Ich sehe, das ist der Fall,
vollzieht nun die Ehe!« Das taten sie
mit Liebe und Krawall.

So sind wir – die Ausgestoßenen,
der Aussatz, die Kotze, der Dreck.
Was ihr nicht sein wollt, das sind wir.
Ihr wünscht euch, wir wären weg.

Wir sind nicht weg. Im Gegenteil.
Das Gegenteil von weg
ist da. Nein, dort! Nein, hier! Nein, da!
Dort in dem dunklen Eck!

Der Kaugummimann und seine Qualle
besuchen euch nachts im Bett.
Die Haarfraßmarie und der Leuchtturmmann
verstecken sich im Klosett.

Der schwule Negerzigeunerindianer
und ich steh'n vor eurer Tür,
wenn's klingelt, und glauben euch nicht, wenn ihr sagt,
es sei heut' niemand hier.

Das ganze Jahr war Halloween.
Wir plünderten, schreckten, lärmten,
und wenn einer von uns traurig war,
dann nahmen wir ihn und wärmten

sein Fell an unseren Fellen, ersäuften
die traurigen Gedanken
in unseren Buddeln und pullerten,
bevor wir uns weiter betranken,

die Därme und die Blasen leer.
So tut man unter Schwestern
und Brüdern – heute so wie morgen,
und morgen so wie gestern.

Wir sind die Bande der Übelgesinnten,
die Übelgesinnten sind wir!
Es gibt genügend Grund zur Sorge!
Besitzt du ein Klavier,

dann schieb es – dieser Rat ist frei –
des nachts an deine Tür.
Wir sind die Bande der Übelgesinnten,
die Übelgesinnten sind wir!

4

Ich weiß nicht mehr wann, da klopfte es an,
und draußen stand der Hunger.
Da war nämlich noch ein Kleiner bei uns,
ein unscheinbarer, junger,

verängstigter, schmächtiger, schwächlicher Kerl,
der war uns zugelaufen.
Er wusste nicht, was für welche wir sind,
was für ein dreckiger Haufen.

Er zog mit uns, wir merkten ihn kaum,
und plötzlich war er nicht mehr.
Das heißt, ein bisschen war er noch –
der hat doch glatt, seit er

in unserer Höhle Unterschlupf fand,
nicht einen Löffel gegessen!
Nun konnte er nur noch »Hunger!« hecheln.
Wir hatten ihn vergessen.

Die Haarfraßmarie nahm sich seiner an,
sie fütterte ihn und lehrte
ihn denken und sprechen – die zwanzig Worte,
die sie beherrschte – und kehrte

mit ihrem struppigen Federhaar
den letzten Rest von Anstand
aus seinem Gehirn. Die Folge war:
Er ging von nun an im Handstand

uns hinterher. Denn er wollte sehen,
wo all die Krümelchen sind,
die aus ihm herausgebürstet wurden …
Ich sag's ja: ein dummes Kind.

Ein dummes Kind, das nie im Leben
ein Bürger sein wollte wie ihr.
Drum kroch es bis zu seinem Tod
auf Vieren wie ein Tier.

Sein Tod war nicht weit, da fiel uns ein,
dass wir auch Hunger hatten.
Erst schlachteten wir das kleine Zeug
in unserer Höhle, die Ratten

und Mäuse und Kröten und Asseln und brieten
sie über dem Lagerfeuer.
Dann hatten wir Gusto auf Kaviar,
Doch Kaviar ist teuer.

Es blieb uns nichts anderes übrig, als
das Häuschen auszurauben,
das unter dem Wald bei unserer Höhle,
wo Hühnervögel und Tauben

sich gern zum Morden treffen, steht;
dort wohnt eine vornehme Dame,
die samstags vornehme Herren empfängt,
wie in der Sektreklame,

wo Prinz und Prinzessen die billigste Gülle
verkosten – champagnergleich.
Die Dame besaß, ich geb's zu, nicht viel –
verglichen mit uns, war sie reich …

Ich mach' es kurz: Wir schlugen ihr
die Knie mit der Sektflasche krumm
und fraßen ihren Kühlschrank leer,
und als sie fragte: »Warum?«,

da zeigten wir ihr die kleine Leiche
vom kleinen, verhungerten Kind.
Da schluchzte sie und schwor bei Gott,
dass wir die Guten sind –

die wirklich Guten, nämlich jene,
die tief in der rauen Brust
verstehen, was wahre Güte ist –
das hatten wir selbst nicht gewusst –,

als hätte der gute Gott persönlich
uns wilde Gesellen gesegnet,
so dass in jedem Ding und Tier
die Heiligkeit uns begegnet.

Sie redete viel und laut, die Frau,
wir gaben höflich Ruh,
und grunzten und hielten die Köpfe schief
und nickten höflich dazu.

Die Frau gefiel mir im Gesicht,
die Beine mussten erst heilen,
dann würde sich die Schönheit auf
der ganzen Frau verteilen.

Und wie es schien, gefiel ich ihr auch.
Ich sei von den wirklich Guten
der Beste. »Mach, dass meine Knie
von nun an nicht mehr bluten!«

Auf mein Kommando warfen wir
uns nieder und baten den Gott,
er möge erstens die Schmerzen nehmen
und zweitens gleich auch den Tod.

Das hat er getan! Ich schwöre es!
Der war auf unserer Seite!
Das Hungerkind erwachte, und
der Schmerz in den Knien befreite

sich selbst von sich selbst, und alles war gut.
Die Dame jubilierte.
Sie ekelte sich vor keinem von uns,
und keiner von uns genierte

sich, ihr den runden Mund zu küssen.
Dem Leuchtturm rann die Spucke
am Zahn vorbei, so zäh, dass ich
befahl, dass er sie schlucke.

Der Negerzigeunerindianer zeigte
die schönsten Teile her,
die Lady sagte, jetzt liebe sie ihn
um eine Handlänge mehr.

Die Haarfraßmarie stieß Atem aus,
ein Schwein hätt' es umgehauen;
die Qualle und der Kaugummimann
verbreiteten ihr Grauen,

der Papst hätte ernsthaft überlegt,
den Gott aus dem Haus zu treiben –
wer solche Scheußlichkeiten erschafft,
der könne nicht bei ihm bleiben.

Die Lady aber umarmte uns,
und drückte uns und küsste
die hässlichsten Stellen auf unserem Leib –
als ob sie die wegküssen müsste.

Den wiederbelebten schmächtigen Kerl –
»In Gottes heiligem Namen« –
den nannte sie Dideldidei-dum-dum.
»In Ewigkeit und Amen.«

Zusammengefasst: Der Mann im Himmel,
der hat uns glatt erhört
(das Wörtchen »glatt« verwende ich gern)!
Und das hat die Guten empört –

ich meine die »wirklich wirklich Guten«,
die nichts von der Welt kapieren,
jedoch mit Nasen knapp unter den Wolken
durchs Lebensgärtlein spazieren –

und alles, was da kreucht und flucht
und bitteren Angstbrei scheißt
und sich die Kehle verätzt mit Schreien
und sich in die Finger beißt,

mit ruhiger Stimme ermahnen, sie sollen
doch fröhlich sein und nicht
die bösen, bösen Worte sagen,
und wenn, nicht ins Gesicht.

Doch offensichtlich mochte der Gott
uns miese Saftsäcke gern:
Er schickte Häuche von Lilienduft
und spendete nachts einen Stern,

der zog seinen alten silbernen Schweif
hoch über das Häuschen hin.
Ich deute das so: Der Gott steht uns bei.
Und wir – wir stehen auf ihn.

Wir mochten ihn so sehr, dass wir
den ehrlichen Vorschlag machten,
er solle doch Mitglied der Bande werden.
Die Gutgutguten lachten

und sagten nicht einfach, sondern sprachen:
»Ihr seid schlicht einfach schlecht.
Ihr seid nur Dreck, euch liebt kein Mensch.
Und das geschieht euch recht.«

Das hörte der Ew'ge im Himmel droben
und schickte den Bankrott
mit einem kleinen Brief dabei,
drauf stand: »Euch liebt kein Gott.«

Sie sanken in den Orkus hinab
mit Klagen und mit Schrecken,
dort tun sie eifrig dem lieben Gott
das heilige Arschloch lecken.

Der Dideldidei-dum-dum, der fast
ganz tot gewesen war,
der wuchs heran zu einem Pracht-
und Höllenexemplar.

»He, ihr«, sagte er, »seid meine Familie.
Wo ihr seid, will ich sein.«
»Wir sind«, sagte ich, »das Paradies,
und dich lassen wir hinein.«

Er wurde der treue Bettgenosse
vom Negerindianerzigeuner,
der eine ein strammer Sechser, der andre
ein ebenso strammer Neuner.

Und weil die Dame so kleidsam war
und über Bargeld verfügte
und sich in der molligen, feuchten Nacht
gern an mein Bäuchlein schmiegte,

drum machten wir uns zu Mann und Frau
mit Blume und Girlande,
»und mich«, erklärte sie feierlich,
»zum Ehrenmitglied der Bande.«

Wir nannten sie »Das Schreibgerät« –
es war mein Vorschlag gewesen,
denn sie vermochte als einzige
zu schreiben und zu lesen.

Mit Hilfe von Geduld und Charme
gelang es ihr, den Tieren,
die wir in Wahrheit waren, auch wenn
wir nicht auf allen Vieren

durch Wald und Feld und Stadtgewirr
uns wühlten, beizubringen,
dass die Kultur viel mehr ist als
ein garstig' Lied zu singen,

und mehr als aus dem Maul zu dampfen,
im Takt zu rülps- und grunzen
und in den frisch gefall'nen Schnee
ein Grinsgesicht zu brunzen.

»Denn jeder trägt den Stern in sich,
ein Präsident zu sein
und schön und groß und reich zu werden.«
Das bläute sie uns ein.

Wir nahmen täglich Unterricht
und haben ihr geschworen,
wir bieten ihr auch etwas an –
ein Kurs im Nasenbohren,

im Hunderttagesichnichtwaschen,
im Zwanzigschnäpsesaufen,
im Ohneallesprassen und
im Miteinanderraufen.

Wir boten ihr ein Seminar
in heiterem Feuerlegen,
besonders in Gegenden, wo seit Wochen
auf den erlösenden Regen

gewartet wird (und wo die Schläuche
von eben unserer Bande
mit Nägeln durchlöchert worden sind –
das nebenbei und am Rande).

»Ihr seid meine Kinder«, lachte sie.
Ich war ihr Kindermann,
sie war schon gute Vierzig, als
ich auf die Erde kam.

»Ihr seid meine lieben Kinder, auch
wenn ihr mir die Knie zerschlagen
und alles genommen habt, was ich war,
ich hab's euch nicht nachgetragen.

Ich hab's euch nicht nachgetragen, weil
ihr nicht bei Sinnen seid.
Sagt einfach nur, es tut euch leid.«
Wir sagten: »Es tut uns leid.«

Wir waren eine Familiengang,
gerundet nun auf acht.
Die Sterne zeigten uns den Weg
in einsamer, finsterer Nacht,

und wenn die Sonne brannte, schickte
der liebe Gott den Regen.
Wir grüßten ihn mit dem Mittelfinger –
wie's üblich unter Kollegen.

5

Da! – Ausgerechnet der Leuchtturmmann
geriet in eine Krise!
Ein Philosoph nämlich lehrte, es gebe
verschiedene Paradiese.

Das eine, so stehe es im Buch –
gemeint war, in der Bibel –,
betrifft die Juden, die JHWH ernährt
mit Manna und mit Zwiebel.

Das nächste beginne oben am Kreuz:
Ein Mann, knapp über dreißig,
erklärte uns, er sei der Erlöser
der Welt: »Messias heiß ich.«

Ein weiteres Beispiel erzählt von dem Mann,
der Mohammed heißt und predigt,
im Jenseits warte ein Jungfrauenteam,
das Angenehmes erledigt.

Im vierten Paradies sei nichts,
und nichts sei von allem das Beste,
nur solche, die auch im Diesseits nichts
besaßen, seien dort Gäste.

Dann gibt es noch jene, die loben die Erbsen,
die aus den Schoten platzen,
den Himmel überlassen sie
den Engeln und den Spatzen.

Das Wichtigste aber sei – und das
von allem Anbeginn
und ohne dies kein Paradies –
nichts anderes als: der Sinn;

der Sinn des Lebens, die Krone auf
dem Dez von dem, der ihn kennt.
Und wer den Sinn des Lebens nicht kennt,
der lebt von sich selbst getrennt.

Das heißt, er ist im Grunde *nicht*,
er meint nur, dass er sei;
er ist ein namenloser Narr,
sein Leben Narretei.

Das habe der Philosoph gelehrt,
erzählte der Leuchtturmmann.
»Verraten aber hat er mir nicht,
wie ich ihn finden kann,

den Sinn, den lieben, schönen Sinn.
Ich habe gebitt- und gebettelt,
er wollt' es nicht sagen, da hab' ich ihn
geschnitzelt und omlettelt« –

(er meinte, er hat ihn gemord- und gebratet) –
»jetzt steh ich da ohne Sinn
und weiß nur so viel, dass ich ohne ihn
nicht wissen kann, wer ich bin.«

Der Leuchtturmmann schaute mich an,
so ehrlich, und er fragte:
»Sag, Hoochie-Coochie, was ist der Sinn?«
Die Unterlippe ragte

wie eine Regentonne unter
der Nase in die Natur,
die Augen wie Schnecken, die Ohren Salat
der Hals eine lange Schnur,

und mitten in dieser hässlichen Fratze
der riesengroße Zahn,
poliert und weiß und weithin leuchtend
wie feinstes Porzellan.

Da fühlte ich Verantwortung,
denn schließlich war ich der Rektor
der Schurkenuniversität,
zugleich noch Hauswart und Lektor.

»Der Sinn, mein Freund«, dozierte ich,
»ist etwas für Spezialisten!
Die piksen dich und drehen dich
und walken dich und misten

mit Gabeln und Rechen dein Hirnchen aus,
auf dass es duftet und glänzt,
als hätten Faulheit und Stinkigkeit
den Arbeitsdienst geschwänzt,

zugleich aber müssen sie Bücher lesen
und zwar die alten dicken,
man sieht sie grübelnd beisammen stehn
und diabolisch nicken,

und dann erst – vielleicht! – entdecken sie
in deinem Dachbodenzimmer
ein trockenes Häufchen … was red' ich da!
Ich hab' doch selbst keinen Schimmer!«

Wir weinten gemeinsam, da kamen die andern
und weinten mit uns mit,
der Negerindianer mit seinem Beschäler,
gemeinsam und im Schritt,

mein Eheweib, das Schreibgerät,
(sie hat das Weinen erfunden,
wenn sie genügend Wasser trinkt,
dann weint sie über Stunden),

die Qualle und der Kaugummimann,
zuletzt die Haarfraßmarie:
Gemeinsam schworen wir, wir gründen
die neue Theologie,

die Theologie für den auserwählten
den heiligen, menschlichen Dreck –
das erste und einzige Gebot:
Die anderen müssen weg!

Das neue Paradies ist dort,
wo andere nicht sind.
»Es lebe der Leuchtturm!«, kragölten wir.
»Er und des Arsches Wind!!«

Da schauten auf den armen Mann
vom Himmel die Gestirne,
Jedoch auch diese fanden nicht
den Sinn in seiner Birne.

6

Von oben herab, von unten herauf,
von allen Seiten und innen
und einstimmig beschlossen wir:
von Neuem zu beginnen.

Ein Sinn musste her, was immer das hieß,
ein Sinn … wie ein warmes Zelt
zum gegenseitig Fürze Riechen,
was uns so gut gefällt,

dass wir das jeden Abend tun,
knapp vor dem Nachtgebet,
weshalb der Herr im Himmel droben
die Nase zu uns dreht

und uns vor allen andren lobt,
weil wir beim Bohnenessen
geschworen haben, nie auf ihn,
den Gütigen, zu vergessen …

Vor Gaudi bin ich abgeschweift …
was wollte ich denn eben …
Ich hab's! – Wir brauchten unbedingt
den Sinn in unsrem Leben.

Wir schickten also einen aus,
damit er Kunde bringe
von, was man so redet über Moral
und über ähnliche Dinge –

den Negerzigeunerindianer nämlich,
weil er aus unserer Bande
am wenigsten von allen nach
Verderben roch und Schande.

Ich trage nach: Dieser edle Mann
sah aus wie eine Mischung
aus Harry Belafonte und
dem jungen Robert Mitchum.

(Verzeih mir den freien, krummen Reim,
die Schönheit aber misst
mit einem krummen, freien Maß
weil sie die Schönheit ist.)

Und weiter trag' ich nach: Der Mann
war zudem auch noch ein
Albinonegerzigeunerindianer –
das heißt, seine Haut war rein

und weiß, drum er von anderen
Zigeunernegerindianern,
den Indigenen, Roma und Sinti
und auch den Afrikanern

als Außenseiter diskriminiert
und ausgegrenzt worden ist.
Das hatte zur Folge, wie erwähnt:
Er wurde ein Extremist.

Sogar der Kapuzen-Ku-Klux-Klan
stand ihm nicht rechts genug –
von nun an war der Hass auf Farben
sein erster Charakterzug.

Ich bitt' dich, red mit niemand drüber.
In seinem Interesse.
Es gibt genug Gesocks, das neidet
ihm seine hübsche Fresse.

Auf jeden Fall: Der Hübsche war
die richtige Person.
Wir haben ihn bestens ausgestattet
für unsere Mission.

Ein jeder hat ihm sein Bestes gegeben,
damit er bei dem Kauf
von Sinn den allerbesten kriegt,
am besten, noch einen drauf.

Wir spekulierten Nächte lang
in unserer bangen Höhle,
was unser Sonderbeauftragter wohl
von eurer Welt erzähle.

»Und wenn der Sinn eine Farbe hat,
was dann?«, befürchtet die Qualle.
»Dann bleiben wir sinnlos«, seufzt der Leuchtturm
und bohrt im Zahn mit der Kralle.

»Könnt' sein, dass der Sinn ein Hühnchen ist?«
Der Gummimann meint, es könn't sein.
»Dann braten wir's und fressen's auf,
den Rest, den wecken wir ein.«

Der Sinn sei, habe sie gehört,
das sagt die Haarfraßmarie,
so geil wie eine mit Pornos statt Wurst
gemästete Kompanie.

Der Dideldidei-dum-dum war beim Schenken,
zurückhaltend geblieben;
er fürchtet, der Sinn sei ein knackiger Kerl,
sein Lover könnt' sich verlieben.

»Ach, meine dummen Kinderchen!«,
beruhigt uns das Schreibgerät.
»Der Sinn wird überschätzt, glaubt mir.
Kein Knuspern, wenn man ihn brät,

er ist nicht rot, nicht grün, nicht blau,
und gar nicht ist er charmant,
man hätt' ihn, hätt' man ihn zehnmal gesehn,
beim elften Mal nicht erkannt.«

Und dann stand der Hübsche plötzlich da:
gewaschen und geschniegelt
Manschettenknopf, Krawatte, Hemd,
die Hose scharf gebügelt,

am Finger einen goldnen Ring,
ein Hölzchen zwischen den Zähnen.
Er sah uns an und sagte nichts,
dann tat er – hallo! – gähnen!

»He, du da«, schnauzte ich ihn an,
»was sind das für Manieren!
Wir haben alle zusammengelegt
und schickten dich zum Studieren!

Und jetzt kommst du heim und gähnst uns was vor!
Ich hau' dir eins in den Bauch!«
Der Negerindianer entschuldigte sich:
das sei bei euch so Brauch.

Wenn einer bei euch etwas werden will,
dann sei die beste Methode,
er tue beim ersten Treffen so,
als langweile er sich zu Tode.

Das sagt den andern: Ich bin so schlau
wie zehn von euch zusammen.
Dann lodern und sprühen in ihren Augen
die hellsten Bewunderungsflammen.

Ich fragte: »Was hast du noch gelernt?
Was ist mit der Moral?«
Darauf nun er: »Von der gibt's zwei,
privat und universal.

Die universale riecht nach nichts,
sie schmeckt nach nichts und ist warm,
so warm, dass jeder draufscheißen möcht,
der Räuber und der Gendarm.«

»Sag, sind die überhaupt anders als wir?« –
»So sehr, dass sie uns gleichen,
und wir genau dieselben sind.
Du kannst deine Frage streichen.« –

»Du meinst, sie sind anders und dennoch gleich?
Wie lässt sich das vereinen?«
Da sagte der Negerzigeunermann:
»Indem sie anders scheinen.«

7

Nun hatten wir also auch das gelernt,
und was wir lernten, heißt:
Du, bleib, wer du bist, und tu, was du tust,
beiß zu, wenn dich einer beißt.

Das haben wir schon vorher gewusst
und haben schon vorher gebissen,
nur taten wir es vorher mit gutem
und nun mit schlechtem Gewissen.

Und kamen drauf, mit schlechtem Gewissen
macht Beißen mehr Vergnügen.
Man weiß nämlich erst, wie wertvoll es ist
zu stehlen, zu morden, zu lügen.

Wir zogen von einer Stadt zur nächsten,
und trieben unser Wesen,
das, wie wir nun wussten, ein Unwesen war –
und war es schon immer gewesen.

Wir fuhren zur See und ritten zu Pferd
hinaus in die weite Prärie,
erlernten unter Bartholomew Roberts
das Handwerk der Piraterie;

studierten Betrug und Hinterlist
und spielten Poker und Stoß
mit Wild Bill Hickok und Israel Hands
und zockten sie gnadenlos;

wir waren krasser als Meyer Lansky
und krasser als Lucky Luciano,
beim großen Schlachten am Valentinstag,
da spielten wir das Piano;

und Kaufhäuser haben wir angezündet –
»erst eins, dann zwei, dann drei …«
und haben aus rauchenden Kehlen gesungen:
»… dann kommt die Polizei!«

Ach, Freund, ich schreib dir einen Brief
aus jenen herrlichen Tagen,
da ging es immer um Hand aufs Herz
und immer um Kopf und Kragen.

Spezialeinheiten suchten vergebens,
das brachte uns Sympathien –
dem Sheriff verzeihen die Leute nichts,
dem Outlaw wird alles verziehen.

Die erste Bürgerfrage am Morgen:
»Was gibt es Neues zu melden
von unserer kleinen Banditentruppe?«
Wir waren die Superhelden!

In Talkshows wurden wir besprochen,
sensibel und einfühlsam.
»Das sind doch noch Kinder!« Die Gäste spielten
Betroffenheit und Scham.

»Was hat man ihnen nur angetan!«
Es seufzt der Therapeut.
Er hat sein berufliches Leben lang
sich auf diesen Auftritt gefreut.

»Wir müssen in solchen Fällen die
Strukturen analysieren
und alles daran setzten, dass wir
die Kids nicht ganz verlieren.

Vermutlich hatte keiner von ihnen
ein Elternteil mit Gemüt …«
Der hat meine Mama nicht gekannt.
Wenn ich den erwisch' – was dem blüht!

Der Moderator stellte die Frage,
gerichtet an die Runde:
»Äh … zeigen die … Kids … vielleicht auf eine …
gesellschaftliche Wunde …

dass ihre Art … Rebellentum …
verzweifeltes Gegengewicht …
Wir waren selbst ja auch einmal jung …
Nein, nicht? Aha. Dann nicht.«

»Es sind zwar noch Kinder«, sagte die fesche
Europaministerin.
»Doch gilt auch für Kinder unser Gesetz,
sonst hätt' das Gesetz keinen Sinn.«

Schau an, da war er wieder, der Sinn!
Der konnte uns nichts mehr erzählen.
Wir kappten die hinterstarke Frau.
Wir taten sie aber nicht quälen,

wir haben sie gleich wieder freigelassen.
Es war nichts an ihr dran.
Ich meine, sie hatte kein Bares bei sich
und hatte auch keinen Mann,

der sie für ein saftiges Lösegeld,
beim Bahnhof auf der Toilette,
in kleinen Scheinen im Hunderterpack,
vor uns gerettet hätte.

Doch als sie auf freien Füßchen stand,
da hat sie prompt gelogen,
wir hätten ihr ins Gesicht gespuckt,
sie nackend ausgezogen

und dann hinaus in den Regen gestellt
und nichts zu essen gegeben.
Sie habe zum gütigen Gott gefleht,
auf dass er schone ihr Leben.

Wir baten den gütigen Gott um Stellung –
in Großbuchstaben auf Twitter.
Das tat er nicht, aber immerhin
spendierte er ein Gewitter.

Die Frau beschrieb vor der Polizei
genau, wie wir ausgesehen.
Sie meinte, wir hätten Masken getragen.
Sie müsse ehrlich gestehen,

sie glaube nicht, dass solche Monster
auf Erden existieren,
auch nicht im schrecklichsten Horrorfilm –
das Feuer könnte erfrieren.

Nun wurden wir zu Bestien erklärt,
zu teuflischen Terroristen,
sie malten unsre Gesichter nach
auf ihren Fahndungslisten.

Denn Fotos gab es keine von uns,
das haben wir nicht erlaubt.
»Wir fressen euch!«, warnten wir die Knipser.
Sie haben uns nicht geglaubt

und haben ihre Kameras
an unsere Nasen gedrückt
und »Schau mich an! Schau mich an!«
geschrien wie verrückt!

Nicht wir sind verrückt, und wenn, nicht so sehr
wie diese Paparatzen,
die uns die Fratzen zurechtkneten wollen
mit ihren klebrigen Tatzen.

Es schmeckt das Fotografenfleisch
ein Hauch nach Majonäse.
Wir brieten es mit einer Scheibe
vom Emmentalerkäse,

so eine Art von Cordon Bleu
mit Preiselbeermarmelade.
Dazu einen Becher Kirschenschnaps
und belgische Schokolade ...

Ja, was denn – machst du dir wieder in
dein feines Seidenhöschen?
Ein Böser ist ein Böser ist
ein Böser und kein Böschen.

In allen Büchern wird die Natur
in allen Farben gepriesen –
wovon ernährt sich der Wolf in den
verschiedenen Paradiesen?

Von Steinen, von Luft, vom Wasser, vom Licht?
Wer ist so blöd, das zu glauben.
Sag, wird der Wolf vom Schaf gefressen,
der Falke von den Tauben?

O ja, wir waren noch viel schlimmer,
als sich der Bürger erträumte –
das tat er nämlich, auch wenn er zugleich,
sein kleines Gärtlein umzäunte,

mit messerscharfem Natodraht,
und sich eine Magnum beschaffte
(und bei der Gelegenheit im Netz
die schwärzesten Pornos begaffte) –

der Bürger träumte, wie wir zu sein,
so frei und ohne Sinn.
Und dann nach Feierabend kroch er
zur Analytikerin

und nuschelte: »Was soll ich tun?«
und ließ sich munitionieren
mit Rat und Tat – und Natodraht:
»Kein Grund, sich zu genieren,

und bleiben Sie, wer Sie sind, und beißen
Sie zu, wenn andere beißen.
Nur wer zuerst scheißt, kann verhindern,
dass andere auf ihn scheißen.«

Der Psychiaterin rat ich, sie soll
sich nicht in Sicherheit wiegen.
Nur, weil sie recht hat, heißt das nicht,
wir werden sie nicht kriegen.

»Du bohrst in meiner Seele«, sag' ich,
»und plötzlich macht es: Bumm!,
und du liegst selber auf der Couch,
ich dreh' den Bohrer um!

Dann wünschst du dir den Mut zurück,
den du dem Bürger geliehen,
damit er sich die Tränen wischt
und sich erhebt von den Knien

und sein behandeltes Seelchen streckt
und glaubt, nun glauben zu dürfen,
er sei ein besonderer Wurf im Vergleich
zu üblichen anderen Würfen.«

Den Bürger aber warne ich:
»Wir sind nicht zusammen mit dir.
Du bist gezwungen, mit uns zu sein!
Denn deine Mauern sind wir!

Du hast nichts in dir, um ein Held zu sein!
Und wisch dir den Geifer vom Mund!
Nichts Böses tun, aber Böses sich wünschen,
ist nämlich nicht gesund.«

8

Doch plötzlich war das Bösesein,
verbraucht und öd geworden.
Wir waren die allerböseste
von allen bösen Horden.

Es gab in diesem Wettbewerb
für uns nichts mehr zu gewinnen.
Wir waren die Eins in der Champions League
der Bösewichte und -innen.

Das heißt, es fehlte die Ambition,
es fehlte die Energie,
der innere Antrieb, der schlechte Wille,
die clevere Disharmonie.

Die Augenlider senken sich,
du fühlst dich wie ein Insekt,
das Dynamit der Langeweile
bekommt die Lunte gesteckt.

Du denkst, die Langeweile sei
ein bisschen grau, nicht mehr?
Ich sag dir: Sie brennt wie Chilisaft
im Erdbeermund, so sehr,

so sehr wie Pfeffersoß' im Aug',
wie Brennnesseln am Sack,
wie eine Tonne bis zum Hals
gefüllt mit Ammoniak.

Sie schleicht sich ein, verführt den Herrn,
den wackeren, zum Gähnen
und lässt die Dame Dämlichkeiten
so nebenbei erwähnen,

dass prompt ihr Lover meint, sie spinnt,
sie ist so dumm wie Heu;
nur, wenn er selbst das Maul aufmacht,
ist's modrig fauler Spreu.

Nun schauen sich die beiden an:
Sie glaubt nicht, und auch er
glaubt nicht, dass sie einander je
geliebt – das Herz ist leer.

Bald steigert sich die Langeweile
zur Wut – zur Wut!! – zur Wut!!!
Du hasst die andren und dich selbst,
im Kragen stampft das Blut.

Die goldnen Sterne über dir
auf schwarzem Himmelsgrund –
du hebst den Kopf und schaust sie an
und denkst dir nur: Na und?

Die Teufel Trägheit, Trott und Stumpf
sind bei uns eingekehrt
und haben an unseren Nippeln gesaugt
und haben uns ausgezehrt.

Gut, dachte ich, so sind wir halt,
bis unser Gott uns verrät
und uns mit dem heiligen Hammer erschlägt –
aus purer Humanität.

Gut, dachte ich, das Ende kommt,
wenn's kommen will, und nicht,
wie wenn im alten Hollywood
der Drehbuchautor spricht.

Gut, dachte ich, wir sind berühmt,
man wird uns nicht vergessen.
Es wird für euch ein Gastmahl sein,
wenn uns die Maden fressen.

Und was ist mit der Traurigkeit?
Die wird's für uns nicht geben.
Wir sind genauso wenig wert
als Tote wie im Leben.

Und wenn's so ist, wer will dann nicht
viel lieber ein Toter sein?
Wer wär' statt eines hässlichen Menschen
nicht lieber ein hässlicher Stein?

»Ich wäre lieber ein hässlicher Stein
als eine, wie ich eine bin.«
Das war die Qualle. Für eine wie sie
wär' Hässlichkeit ein Gewinn.

Der Kaugummimann sagte nichts, darum
hier nur ein Gedankenstrich –
Was, übersetzt in menschliche Sprache,
bedeutet: »Ich liebe dich.«

Sie haben einander das liebe Leben
aus Liebe ausgeblasen.
Nun liegen sie am Golfplatz begraben
beim siebten Loch unterm Rasen.

Als nächste saltomortierten der Leuchtturm,
ihm nach die Haarfraßmarie,
und beide mit Anlauf über den Jordan,
direkt in die Pathologie.

Der Negerzigeunerindianer brachte
den Dideldidei-dum-dum
mit nackten Backen und nackten Schenkeln
und nackten Armen um,

dann stach er mit der hohlen Nadel
sich in die Vene und drückte
das Gift ins Blut, was ihn sogleich
ins Paradies entrückte.

Die Langeweile streckte hin
drei Viertel unserer Bande.
Weiß Gott, solche Wesen wie uns zu erschaffen,
gereicht dem Schöpfer zur Schande!

Jetzt waren nur noch wir beide da,
das Schreibgerät und der Meine.
Wie Adam und Eva, Mann und Frau,
nur Kinder hatten wir keine.

9

Ich war kein guter Ehemann.
Das Schreibgerät hat gelitten.
Denn weil ich kaum etwas besser kann
als streiten, hab' ich gestritten –

gestritten schon um vier Uhr früh,
in unsrem Liebeszelt,
denn nur damit ich streiten kann,
hab' ich den Wecker gestellt.

Ich frage: »Sag, was denkst du jetzt?«
Sie drauf: »Ich weiß es nicht.« –
»Und weiter?« – »Nichts.« – »Du schaust so!« – »Wie?« –
»Ein komisches Gesicht.« –

»Ein komisches Gesicht?« – »Genau.« –
»Ich möchte schlafen, bitte!« –
»Ich auch! Du machst dich viel zu breit!
Rutsch raus aus meiner Mitte!« –

»Ich lieg' doch schon am Rand, schau her!«
Das hat sie ruhig gesagt.
Mir reicht das nicht. Ich bin der Herr,
und sie, sie ist die Magd.

»Hast du gehört? Du bist die Magd.« –
»Ja gut, kann ich jetzt schlafen?« –
»Ich bin dein Herr, und wenn's mir passt,
dann kann ich dich bestrafen!« –

»Bestrafen?« – »Ja.« – »Bestrafen also.« –
»Das sag' ich doch!« – »Und wie?« –
»Du willst es wissen?« – »Bitte, ja.« –
»Denk nur an deine Knie!«

Sie sieht mich an und lächelt bloß
und kämmt mit ihrem Mund
den roten Zorn mir aus der Stirn,
und schon bin ich gesund.

»Ein Kindchen bist du«, sagt sie. »Komm!
»Die Oma könnt ich sein!
Komm, leg dich her, ich mach dich ruhig,
komm, heb dein linkes Bein!«

Ach, in der Liebe, in der Liebe
war sie die Meisterin!
Sie zeigte mir den Everest
und führte mich dorthin.

Doch lange hielt die Ruhe nicht.
Woher die Meisterschaft?
So fragte ich. Wo lernte sie
das Werk so meisterhaft?

Wenn's nichts zu streiten gab, dann hab'
ich meine Fantasie
bemüht, dass sie mir Ezzes gibt,
und sie enttäuschte nie.

Von Stund' zu Stund' servierte sie
mir Szenen, grauenhaft!
Ich sah mein liebes Schreibgerät
in wilder Leidenschaft

im Bett mit einem geilen Stier,
sie wälzten sich und stöhnten
vor Lust und Hast und Gier, so dass
die Berge rundum dröhnten –

und hörte, als wär's Wirklichkeit,
den Stecher mich verhöhnen.
Auch wenn ich wusste, es ist nicht wahr,
es konnte mich nicht versöhnen.

Es trieb die Eifersucht ihr Spiel
bald auf des Messers Spitze –
ich würgte meiner Liebsten Hals,
und alle Glut und Hitze,

die mir die Fantasie in den Schoß
der Liebsten projizierte,
schoss nun mir selber in den Leib –
mein Schädel explodierte,

ich zog das Messer aus dem Gurt
und rammte es dem Weib,
mit dem ich mein Leben teilen wollte,
hinein in den schlaffen Leib.

Sie hat's überlebt und hat mir verziehen –
schon wieder, ein weiteres Mal:
»Damit wir weiter gerade sind
und keine un'grade Zahl,

die unglücklich macht, wie jeder weiß,
in unserer Gang triumphiert ...« –
als ob's einen gibt, der versuchten Mord
als glücklich interpretiert –

»Die Acht nämlich ist eine Gotteszahl,
das wär' zwar auch die Sieben,
für mich ist's die Acht, sonst wäre ich
umsonst am Leben geblieben,

umsonst aber ist der Tod allein
und niemals nicht das Leben,
drum werde ich dir immerzu
und alles stets vergeben ...«

»Was redest du da! Es gibt nur noch uns!
Nur zwei, nicht acht und nicht sieben!
Ja, siehst du denn nicht, du blödes Weib,
nur wir sind übriggeblieben!«

Sie sah es nicht: »Was schreist du so?
Sie schlafen. Schau sie an!
Den lieben Freunden eins bis sechs
hat niemand wehgetan.

Ach, schau doch nur, wie schön sie sind,
so hübsch, so stattlich auch,
so blass das Angesicht, so rund
der Hintern und der Bauch …«

»Nicht schön, nicht stattlich«, brüllte ich,
»der Tod macht blass und dick!
Er nimmt das Blut und bläht den Darm
und bricht uns das Genick!

Die anderen sind alle tot,
begreif das endlich doch!
Sie haben sich selber weggemacht!
Hinab, hinab ins Loch!

Sie kommen nicht mehr, sie wollen nicht mehr,
sie wollen ohne uns sein!«
Mein liebes Weib möchte das nicht hören,
sie krümmt sich und kuschelt sich ein:

»Ihr seid doch meine Kinderchen,
ich hab' euch doch schreiben gelehrt
und lesen gelehrt und beigebracht
dass ihr den Herrgott verehrt,

ich kann euch doch nicht in den Abfallcontainer
vom Knochenmann kriechen lassen,
der immerzu umhergehen tut,
durch Straßen und durch Gassen,

und einsammeln tut in den Abfallcontainer,
was gern noch leben tät',
ihr seid doch alles, was ich hab' …
Ich bin euer Schreibgerät …«

Sie redete und redete,
ich konnt' nicht mehr an mich halten
und habe sie endlich mit der Axt
von oben nach unten gespalten.

Und das hat sie nicht mehr überlebt,
daran ist die Frau gestorben.
Acht Tage lag sie neben mir,
dann war das Fleisch verdorben.

Die Rosen waren ausverkauft,
es gab nur noch Hyazinthen,
die legte ich nieder auf die Gräber
der Bande der Übelgesinnten.

Jugend

10

Mein Freund, ich schreib' dir einen Brief
vom hohen Turm der Jugend.
Hier oben weht ein freier Wind,
dort tobt der Sturm der Tugend.

Der Sturm trägt mich unter blauen Segeln,
wohin ich schlafen kann,
und schaukelt mich zwischen Lachen und Tränen,
ich wünschte, ich käme nie an.

Ich hatte mir keine Gedanken gemacht:
Wie werde ich morgen sein?
Nun stehe ich hier und sage: »Ich!«
Bin einzig und allein.

Denn niemand auf der weiten Welt
ist Ich, wie ich es bin.
Die Sonne schüttet ihr prächtiges Gold
grad über die Erde hin,

als hätte es allen Zauber verloren.
Aus sanften Moll-Akkorden
war über Nacht ein neues Lied
in nüchternem Dur geworden.

Die Wolken ziehen über den Berg,
der Sturmwind stellt sein Heer
in drohender Bereitschaft auf,
im Himmel über dem Meer.

Noch ist es ruhig um meinen Turm.
Ein Rabe kommt geflogen,
der krächzt und kreist und lässt sich nieder
auf meinem Ellenbogen.

»Es waren einmal«, hört' ich ihn raunen,
»ein Kind und ein Rabe im Mai.
Sie wollten ein Nest sich bauen, aber
dann war der Mai vorbei.

Sie suchten einen Platz im Juni,
da hat es nur geregnet.
Kein freundliches Wort aus freundlichem Mund
war ihnen im Juni begegnet.

Der Juli, sagten sie, ist die beste
von allen Jahreszeiten,
im sonnigen Juli werden wir
das Nest für uns bereiten.

Die Sonne war heiß, dann kam der August
und mit dem August der Jammer.
Da saßen sie im Stillen, der Rabe
am Fenster, das Kind in der Kammer.

September ist der Monat, in dem
es viele Nester gibt.
Denn jeder und jede wollen eins haben,
denn alle sind verliebt.

Und schon ist es Oktober geworden,
jetzt hat das Nesten Not,
denn wenn der Winter kommt, dann wären
das Kind und der Rabe tot.«

Der Rabe wird vom wilden Sturm
von meinem Arm gerissen.
»Komm wieder!«, ruf ich. »Erzähl mir weiter!
Ich werde dich vermissen!«

Kaum war ein Tag, kaum war ein Jahr,
da schließen sich die Türen.
Die Karten zeigen *Dead Man's Hand*.
Die Kinder im Keller frieren.

Wer nicht gewinnt, verlangt Revanche.
Vier Karten und noch eine!
Das Kleingeld fällt für die Bettler ab,
hier zählen nur die Scheine …

War alles, alles nur ein Traum?
War ich der Rabe gewesen?
Hab' ich erzählt, hab' ich die Körner
vom Boden aufgelesen?

Mein Freund, ich schreib' dir einen Brief
vom hohen Turm der Jugend.
Hier oben weht ein freier Wind,
dort tobt der Sturm der Tugend.

11

Ich war noch keine fünfzehn Jahr
und schon so alt wie Jehova,
bevor man ihn endgültig abgeschafft hat –
da hieß es: The game is over!

Ich sah vor mir die weite Welt
und mich am Rand und klein.
Ich schwor, ich wolle nie mehr nie
ein solches Menschstück sein,

wie ich vom Mutterschoß bis heut'
durch meine Zeit gewesen.
Ich bat den Gott, er möge mich
aus meinem Dreck erlösen.

Ich heulte ihm mein Leben vor,
und dass die bösen Taten
die Folge niedriger Herkunft seien,
sonst wär' ich doch nie missraten,

wie einer wie ich missraten kann,
voll Scheiße, Kotz und Siff,
vom allerallerletzten Faul
der letzte Inbegriff.

»Mein Gott, bedenke, welche Schmach,
mein bitt'res Erbe war –
bedenk': die Mutter eine Hur,
die für ein Honorar

im Wert von zwanzig Zigaretten
den Samen jedes Lumpen,
auch wenn er stockbesoffen war,
sich in den Leib ließ pumpen!

Und dennoch, ich schwör', bemühte ich mich,
wie einer wie ich es halt kann.
Bedenke, Gott, auch du bist einer
wie ich – auch du bist … ein Mann!«

So meinte ich, mit Eloquenz
des Gottes Sympathie
für mich, den Sünder, geweckt zu haben.
Des Vortrags Melodie

war obendrein im hohen Stil
der besten Komponisten
gehalten – was mit Sicherheit
die Himmlischen vermissten,

denn in der Regel hören die
doch meistens nur Geseier –
mir ginge das, wär' ich wie sie,
verdammt auf Sack und Eier.

Tatsächlich fuhr ein Blitz vom Himmel,
ein Pfeil aus weißem Gold,
die Kompassnadel, die den Irren
aus seinem Irrsal holt.

Ich band mir die Schuhe und wanderte,
bis ich ein Kirchlein sah.
Dort kniet' ich nieder und betete:
»Jetzt bin ich endlich da.

Jetzt bin ich endlich angekommen.
Ich bitt' dich, nimm mich auf!
Ich bitt' dich, streue deinen Glanz
auf meinen Lebenslauf!«

Da tat sich die Tür zur Kapelle auf,
heraustrat – der liebe Gott …
Du glaubst mir nicht? Ich warne dich,
behalte deinen Spott!

Denk dran, was ich über meine Fäuste
gesagt habe, und dann schau
dich an, bevor sie dich verwandeln
in eine geschlachtete Sau …

Jetzt hat mich die Wut durcheinandergebracht.
Wo war ich stehengeblieben?
Ach ja, jetzt fällt's mir wieder ein:
beim großen Gott, dem Lieben.

Der hielt mir ein kluges Referat:
»Mein Sohn, du hast bereut,
und wenn der heilige Michael
dir gleich dein Fell verbläut,

dann, bitt' dich, nimm es nicht persönlich,
das ist bei uns so Sitte.
Und, bitt', versuch, nicht allzu laut
vor Schmerz zu schreien, bitte!

Hätt' ich gewusst, wie weh sie tun,
die Schrunden und die Wunden,
die Knüffe, Tritte, Stöße, Schläge,
ich hätt' sie nicht erfunden ...

mitunter doch ... ich weiß es nicht ...
ich kann mich nicht entscheiden ...
die Ohren schmerzen ... andrerseits
ergötzt mich euer Leiden.

Der heilige Michael nämlich tut
nichts lieber als zuzuhauen,
und wir im Himmel droben tun
nichts lieber als zuzuschauen.

Ich sag's heraus, es macht mich froh,
ein Arschloch wie dich zu quälen.
Betrachte es so: Am Ende hast du
den Menschen viel zu erzählen.

Von Gott persönlich geprügelt zu werden,
auch wenn es sein Engel tut,
das ist eine Ehre und macht dich beliebt
beim Moslem, beim Christen, beim Jud.

Das war's, was ich dir sagen wollte.
Du siehst, ich bin dir gewogen.«
Da trat der Engel vor die Tür
und hat mir eins übergezogen

so unglaublich sehr, dass meine Augen
durch Speiseröhre und Magen
und durch die sieben Meter Darm
dem Arsch »guten Morgen« sagen –

was, wie ich glaube, damit zu tun hat,
dass ich zuvor gestanden,
ich sei das größte Arschloch der Welt
ich könnte die Welt umranden;

da hat der Engel sich gedacht,
das möchte ich ausprobieren
am meisten Aussicht auf Erfolg
hat saftiges Fressepolieren.

Er hat poliert, und ich war weg,
gezählt von null auf zehn,
dann Zähne suchen, fluchen und
versuchen aufzusteh'n.

Und siehe da, mein Geld war weg,
nicht eins in keiner Tasche,
und auch die Bilder meiner Liebsten,
und auch die Whiskyflasche.

Aus Liebe hat der liebe Gott
mich restlos ausgeraubt,
wie er es immer tut, damit
der Pilger an ihn glaubt.

Ein Pilger war ich, und ich wusste,
ich würde wieder prassen
und alles Böse wieder tun,
hätt' er nur ein Krümchen mir lassen.

So zog ich los und borgte mir
von fremdem Kopf den Hut
und gab ihm dafür einen sanften Klaps –
wie's unsereins halt tut.

12

Und wieder einmal stand ich da,
mit Vorsätzen – diesmal mit guten.
Ich wollte ein guter Armer sein,
wenn's sein muss, fürs Gute bluten.

Dass »gut« und »Blut« sich sauber reimen,
das kann doch kein Zufall sein –
»Herr Jesus führt uns mit seinem Blut
ins Paradies hinein.«

So stand es über einem Haus
mit Strahlen rund um die Schrift,
in goldenen Lettern, roten und weißen,
und manchen grün wie Gift.

Sie hatten mich lieb in dem lieben Haus
und konnten mir leider nicht nützen.
Sie seien zuständig nur für Suppen,
im Winter gebe es Mützen.

Ich brauch' keine Mütze, ich hab' einen Hut,
den stelle ich vor mich hin
und setze mich neben die Kathedrale,
weil ich ein Bettler bin.

Und wollt' ein frommer Bettler sein
und wollt' mich nicht beklagen –
und zählte 120 Münzen
in 22 Tagen.

Ein bisschen kann ich dividieren.
Herauskam: So wirst du verrecken.
Verhungern, verludern, aufgefressen
von Läusen, Flöhen, Zecken –

worunter ich nicht die niedlichen,
bescheidenen Tierlein zählte:
Es war die saure Kollegenschaft,
die den Kollegen quälte.

»Kollege« ist das falsche Wort,
ein falscheres lässt sich nicht denken;
es würde eher der liebe Gott
dem Teufel ein Krönlein schenken,

als dass diese stinkenden, trunkenen Lumpen,
die einsam und vergessen
im Eck mit vorgehaltener Hand
ihr einsames Brötlein essen,

dem anderen, der gar nichts hat,
vom Wurstrad die Schale geben.
Sie wollen nicht teilen, nicht Wurst, nicht Schmerz,
sie wollen alleine leben.

Was war ich nun? Was würde ich sein?
Was könnte aus mir werden?
Ich blickte nachts zu den Sternen hinauf
und wurde beklaut auf Erden.

Ein Jüngling, talentiert und schön,
ein Fraß dieser Eremiten,
die nie zu ihrem Schöpfer flehten,
die niemals vor ihm knieten

und jammerten und beichteten
und schworen, sich zu bessern,
auf ewig sich zu trennen von
Pistolen und von Messern,

von Schlagring, Galgenstrick und Axt
und anderen Gewalten,
und hätten sie geschworen, sie hätten
sich nicht daran gehalten.

Was will ich denn! Ich will doch nur …
mein Anliegen ist klein …
ich will … ich will … ich will zum Beispiel …
wie diese Frau dort sein …

die bei McDonalds am Tischchen saß
und einen Cheeseburger aß
und dunkles Coca-Cola trank
aus einem großen Glas.

Ich wusste, ich sah blendend aus,
so braungebrannt von den Stunden
in glühender Sonne vor dem Dom,
so frei und ungebunden,

gesund und stark und absichtsvoll –
das war der Grund gewesen,
warum mir als Bettler netto nichts
geblieben, nicht mal die Spesen.

Ich lächelte die Dame an,
sie lächelte zurück,
ich zeigte auf ihren Burger, sie ließ
mich beißen – ein großes Stück,

so üppig, saftig, würzig und fett,
mit Lippenstift verziert …
»Sag, bist du frei? Ich brauch einen Mann,
der mir den Nacken massiert.

Ich seh, du bist ein braver Kerl,
der trotzdem Muskeln hat.
So einen such' ich, ich hab' ein Appartement
hoch oben über der Stadt …«

Sie hat mich zu sich eingeladen,
ich hab' sie gewalkt und geknetet
und habe gegen die Versuchung
den Rosenkranz gebetet,

den uns das Schreibgerät gelehrt –
ich hielt ihn für etwas Lustig's,
ich hatte nicht die geringste Ahnung,
wofür er gut ist. Jetzt wusst' ich's.

Nur konnte mich der Rosenkranz,
verdammt nochmal, nicht retten –
bald wälzte ich mich als Belami
durch profitable Betten.

Die Herrin nämlich war zufrieden
und hat mich angestellt
und an spendable Damen vermietet
für Naturalien und Geld.

Als Naturalien Präservative
und gut ein Dutzend Eier.
Ich war »Der Jüngling«. So wurd' ich genannt
im Beiblatt für die Freier.

Wir waren zu zehnt in ihrem Stall,
zehn Hengste, jeder anders.
Die Herrin kannte nur zwei Fragen:
Wer macht diesen Job? Und: Kann der's?

Bevorzugt waren Hausbesuche.
Ich stand vor der Tür mit Rosen:
»Ich bin der Hoochie-Coochie Man
mit mit und mit ohne Hosen.«

Der Spruch war einem von unsren
Beratern eingefallen.
Dafür verlangte er fünfzehn Prozent
vom Umsatz bar auf die Krallen.

Der Dienst begann am Nachmittag,
auf Sonderwunsch schon am Morgen,
als Gentleman oder Installateur,
im Sonnenlicht oder verborgen.

Manch Dame bestellte »mit Gespräch«.
Dann übte ich Philosophie,
trainierte ein grüblerisches Gesicht
und spielte auf Poesie

(bei klassischer Kopulation zusammen
mit Diskutiererei
war freilich ein Aufschlag vorgesehen –
im Slalom am Fiscus vorbei):

»Ist nicht der Mensch im Innersten
ein Ding, das er gar nicht kennt?
Ich fühle mich manchmal wie ein Hund,
der hinter einem Auto herrennt.

Ich wüsste gar nicht, was ich täte,
wenn ich's erwischen tät ...
Ich frage Sie, meine sehr Verehrte,
was jemand wie Sie mir rät?«

»Mein lieber, schöner, kluger Stecher,
was bist du doch talentiert!
Aus dir kann etwas Großes werden,
wenn jemand dich adoptiert.«

»Dann, bitte, adoptieren Sie mich,
Sie könnten mich unterrichten!«
»Ach, weißt du, mein Stecher, auf so einen Sohn
wie dich kann ich gut verzichten.

Und außerdem: Wärst du mein Sohn,
dann könnten wir nicht mehr ficken,
sonst würden bald an meinen Gelenken
die stählernen Schellen klicken,

denn wie in deiner Beschreibung steht,
ist Volljährigkeit nicht vorhanden.
Ich will doch nicht für ein Ungeziefer
wie dich im Gefängnis landen.«

Die eine Dame wollte es so,
die nächste lieber anders.
Die Herrin kannte nur zwei Fragen:
Wer macht diesen Job? Und: Kann der's?

Ich konnte es auf die Dauer nicht.
Ich fühlte mich »mortifiziert«.
Drum hab' ich die letzte Freierin
geamselt, erdrosselt, finkiert.

13

Ich wusste, was gut und böse ist –
nun wollte ich Gutes tun.
Ein guter Prediger wollte ich werden,
mit Löchern in den Schuh'n

und Sonnenschorf am Schädel oben
und Stinkemaul vom Fasten,
mit hohem, schmerzenskrummem Buckel
von aller Sünden Lasten –

ein Schmerzensmann, jawohl, als Buße,
für was ich gewesen war.
Ich schürfte mir die Haut, rasierte
vom Kopf das blonde Haar,

auf das ich so stolz gewesen war –
wie Bernstein schimmerte es –
und wenn die liebe Sonne schien,
wie Feuer flimmerte es …

Die Psychologie hat festgestellt,
dass, wenn ein noch so Guter
vor noch so Guten vom Bösen predigt
und davor warnt, dann tut er

der guten Sache keinen Gefallen,
es führt zum Gegenteil:
Er dient dem hundsmiserablen Bösen
auf gute Weise, weil

der Mensch in sich einen Dämon hat,
der sagt ihm: Ja heißt nein,
was richtig, ist falsch, was hässlich, ist schön,
was bös' ist, kann böse nicht sein.

Und dieses Prinzip gilt auch umgekehrt:
Das Gute gewinnt an Gewicht,
dort wo ein Böser mit böser Absicht
vor Bösen vom Guten spricht.

Zeig auf den ersten besten Mann,
die erste beste Frau,
dann pack sie – im übertragenen Sinn –
am Kragen: Du wüsstest genau,

dass eben diese und auch der
sich dreist am Staate mästen,
wofür wir alle zahlen müssen.
»Sie leben in Palästen«,

so rufe aus, »und ihr in Hütten,
ist das Gerechtigkeit?«
Um deine Behauptung zu beweisen,
fehlt leider, leider die Zeit.

Denn kaum hast du fertig gesprochen, da packt –
nun nicht im übertragenen Sinn –
das Lumpenpack die beiden am Kragen
und schleppt sie irgendwo hin;

wohin du gar nicht wissen musst,
es geht dich ja nichts an,
was diese da mit denen da tun,
der Frau und mit dem Mann.

So ist das Böse. Es will die Vernichtung –
woraus dann das Gute entsteht.
Wenn nämlich das Böse getan worden ist,
und sonst nichts mehr weitergeht,

das Lumpenpack aber traurig ist,
weil alles stehenbleibt,
vor Langeweile nichts geschieht,
nichts, was Geschichte schreibt,

und nichts, was wert ist, erlebt zu werden,
rein nichts zum Kolportieren,
dann sagt das traurige Lumpenpack:
Wir wollen das Gute probieren.

Und Punkt hier tritt der Prediger auf –
sein Auftrag: Bekehre sie!
Verwandle Lumpenpack in Mensch!
Die Frage lautet: Wie?

Nachdem sie die beiden, Mann und Frau,
gequält und gedemütigt haben,
ihr Leben zerstört, sie kleingemacht
zu schäbigen Küchenschaben,

sie bloßgestellt vor aller Welt,
das Renommee ruiniert,
verhöhnt, verspottet, ausgelacht,
die Würde demoliert,

da meldet sich das schlechte Gewissen –
nicht gleich und auf einmal bei allen –,
sie denken nach und denken sich:
Würd' das meinem Sohn gefallen?

Und wär' meine Tochter stolz auch mich,
wenn sie gesehen hätte,
wie ich den Mann getreten und
der Frau mit der Zigarette

ein Brandmal auf den Bauch gedrückt,
zum Zeichen, sie ist die meine?
Ich glaube, Sohn und Tochter würden
sich denken: Was seid ihr für Schweine!

Sie würden sich schämen und mich verachten,
verzweifelt die Haare raufen,
und wenn sie mich auf der Straße treffen,
ins nächste Kaufhaus laufen.

So dankt es ihnen. – Hier setzt die Bekehrung
des miesen Abschaums ein!
»Ihr werdet«, schrei in den Himmel, »das
Benzin in der Hölle sein!

Ihr werdet brennen doppelt so heiß
wie Bunsenbrennergas.
Nur sterbt ihr nicht, denn ihr sterbt nie.
Unendlich ist der Spaß.

Und wenn ihr durchgeröstet seid,
dann steckt man euch ins Eis,
und glaubt mir, dort sehnt ihr euch nach dem Feuer,
als wär's das Paradeis …« –

(Ein Gratisvorschlag von der Seite:
Gezielt ein gezierter Begriff
erhöht die Aufmerksamkeit, so kriegst du
dein Publikum in den Griff!)

»… und seht, euer Wunsch wird prompt erfüllt:
zurück auf die Höllenleiter
hinunter zu Feuer und Bunsenglut …
et cetera und so weiter …«

So predigst du, doch merke dir:
Die Tour zieht nicht bei allen.
Es gibt sogar Exemplare, denen
die Saunatortouren gefallen.

Da musst du dann improvisieren, ich mein',
du musst die Stelle suchen,
wo sie nicht reden wollen, sondern
wo sie sich ins Fäustchen fluchen.

Das kann ruhig unter der Gürtellinie,
das muss sogar drunter sein!
Es fühlt sich mancher beim Hauen groß,
beim Nehmen ist er klein.

»Der Teufel zieht dir dein Hemdchen aus
und fotografiert dein Gemächt –
und schickt es in die Welt hinaus,
wo's jeder anschauen möcht'

und jeder sich kugelt über den Wicht,
der zwischen den Beinen hängt,
und eigentlich nicht hängen kann,
weil er sich im Schamhaar verfängt.«

Ich weiß, das ist ziemlich primitiv.
Bei Männern zieht das immer.
Und drohe gleich eine Fortsetzung an:
»Hört, Freunde, es wird nur schlimmer

wenn ihr euch nicht bekehren wollt.
Bekehrt fühlt ihr euch freier!
Ich segne euch. Ich bin der Prophet.
Der Dings hat gesagt, ich sei er –

ich meine den lieben, lieben Gott.
Er hält seine liebe Hand
und seinen lieben Fuß über mich
und meinen lieben Verstand,

auf dass ihr wie ich nur Gutes und
nie wieder Böses tut –
kurz: endlich werdet, wie ich einer bin.
Drum seid nicht böse, seid gut!«

Ich sage es nicht gern: Die Karriere
als Prediger war recht knapp.
Ein Bursche schlug von meinem Ohr
die rechte Muschel ab –

damit, wie er höhnte, ich selber nicht
den Scheiß mir anhören muss.
Die Sünder lachten sich kreuz und krumm …
Und damit war dann Schluss.

14

Und eines schönen Abends, ich war
gerade siebzehn geworden,
spazierte ich durch die Innenstadt,
da drangen schreiende Horden,

die eine links vom Opernplatz,
die andre vom Boulevard,
von beiden Seiten auf mich zu.
Ich flüchtete in eine Bar,

die hatte vor einer halben Minute
geöffnet, und ich bat
den Keeper, mich bitte zu verstecken,
ich sei ein Demokrat,

der sich vor Öffentlichkeit dieser Art
mehr fürchte als vor Gott.
»Den gibt's noch?«, rief der Mann und lachte.
Doch gleich verging ihm der Spott,

die Fensterscheibe krachte, und ein
Vertreter desselben stand
vor uns und brüllte, es gebe ihn noch,
und er sei abgesandt,

dem, der das bezweifele, die freche Rübe
als wär's eine Rübe im Feld,
vom Leib zu reißen, worauf er sie
auf Gottes Opfertisch stellt.

Ich zog den Rotz aus der Lunge und spuckte
ihm mitten auf die Stirn
und kommentierte, das koste nichts,
das sei für sein trockenes Hirn.

Das Messer blinkt, er schreit mich an:
»Ich will nichts gratis, ich zahl's!«
und reißt mich an den Haaren und drückt
die Klinge mir an den Hals.

»Gleich kommt der Schmerz, Mann! Weißt du, Mann,
was Schmerz ist, weißt du das?
Der Schmerz ist groß, Mann, weißt du das?
He, Mann, ich sag' dir was,

der Schmerz tut weh, das sag' ich dir,
he, Mann, gleich kriegst du ihn,
dann bist du hin, Mann, glaub mir das,
he, Mann, gleich bist du hin!«

Der Barkeeper will dazwischen geh'n.
»Lass du den Kleinen in Ruh'!
Für solche wie dich ist hier kein Platz!
Die Tür mach hinter dir zu!«

Und tut, wie ich vor ihm getan:
Er spuckt ihm ins Gesicht.
Da packt ihn das Double des Propheten
am Smokingkragen und bricht

ihm von der rechten Hand zwei Finger.
Sein Gott sei wahrlich der größte,
der seine Feinde auf dem Grill
in der Dschahannam röste.

Jetzt ist es an mir, dass ich ihm erkläre,
mir sei dieser Größte von allen
vor kurzem erst persönlich erschienen,
und ich – »Ich hab' ihm gefallen!

Du glaubst mir nicht? Das wird er nicht mögen.
Er ruft den heiligen Michel,
damit er dich bestraft. Der kommt
mit seiner heiligen Sichel

und säbelt dir deinen Mufti ab.
So will es der Ungenannte,
der einzige, wahre und so weiter.«
Da kniet der Abgesandte,

der Fingerbrecher Gottes, nieder –
ich möge ihn bitte segnen
und den Erhabenen von ihm grüßen,
sollt' er mir wieder begegnen.

»Das tu ich gern. Nur eines noch:
Der Einzige ist gerecht,
drum ist es gut, wenn dieser Mann
sich für seine Finger rächt.

Der Alleswissende wird mir erscheinen,
wie er mir bereits erschienen,
drum rate ich dir, küss diese Finger,
verneige dich tief vor ihnen,

so tief, dass dein Bart den Boden berührt,
damit sich dieser Mann
für seine von dir gebrochenen Finger
in Ruhe rächen kann.«

»He, Gott ist groß«, rief der Abgesandte,
»das sehe ich freiwillig ein!«
Er beugte sich. »Sag, Mann, tut es weh?«
Ich sagte: »Das kann schon sein.«

Das aber wollte der Barkeeper nicht.
Er heulte: »Lasst mich in Frieden!
Verflucht sollt ihr sein! Ich hoffe, ihr werdet
in höllischer Suppe sieden!

Der Teufel soll euch mit Feuerzangen
die Zunge vom Gaumen reißen,
der Höllenhund soll die Zungen fressen
und euch in die Hälse scheißen,

und Kraken sollen euch den Saft
aus euren Ärschen saugen,
so dass kein Tröpfchen übrigbleibt
für Tränen in euren Augen!«

So fluchte er weiter, und wir beschlossen,
ihn weiter fluchen zu lassen.
Der Abgesandte und ich verschwanden
hinaus zur Tür auf die Gassen,

dort trafen wir auf die Abgesandten
des anderen einzigen Einzigen,
auf den, weil er *einzigartig* ist,
kein einziges Wort sich reimt.

Und wo wir nun Freunde geworden waren,
der falsche Prophet und ich,
vermöbelten wir die Einzigen
mit Tritt und Biss und Stich.

So zwei, drei Tage oder Wochen
verbrachten wir gemeinsam.
Er sagte: »Mann, mit dir zusammen
ist nicht mal die Sonne einsam.

He, könnten wir beide nicht für immer
ein supernes Duo sein?«
Ich sagte: »Im Allgemeinen ja,
im Einzelnen aber: Nein.«

15

Ich werde nie ein guter Freund,
mir fehlt im Blut der Honig.
Wo Disteln wachsen, Wermutkraut
und Kirschlorbeer, dort wohn' ich.

Dort wohne ich und wohn' allein
und möcht' alleine sein;
ich wach' allein am Morgen auf
und schlaf' alleine ein;

ich hör' über mir den Donner rollen
und seh' in den Wolken den Blitz,
mein Tag ist mein Tag, die Nacht meine Nacht,
mein Leben ist mein Besitz.

Und bin ich hungrig, nehm' ich die Rute
und fang' einen Saibling im Bach
und brat' ihn auf einem heißen Stein
und sitz' unterm Blätterdach

von einer Buche und sing' mir ein Lied,
ganz ohne Melodie,
grad wie's mir von den Stimmbändern hüpft,
und sinke auf die Knie

und danke irgendwohin in den Himmel
hinauf, dass ich bin, wie ich bin,
und setz' mich, wenn genug gedankt,
ganz einfach wieder hin

und bau' mir aus Maiskolben eine Pfeife
und stopf' sie mit Himbeerkraut
und schau', wie der Fuchs am Waldrand drüben
zu mir herüberschaut.

Ich grüße ihn, er grüßt zurück.
Er weiß, ich bin nicht einer
von euch, ich bin allein wie er,
uns zähmt und bändigt keiner.

Ich brauche niemanden, dachte ich,
und will auch keinen brauchen,
ich will vier Monate barfuß geh'n
und mittags mein Pfeifchen rauchen,

und wenn es irgend möglich ist,
im lieben Sonnenschein
die nächsten fünfundfünfzig Jahr'
nicht älter als siebzehn sein.

Ach, ohne Sorgen glücklich war ich
in meiner Einsiedelei!
Nachts sah ich den Blitz und hörte den Donner,
sie riefen mir zu: »Du bist frei!«

16

Und dann stand vor mir der bunte Mann.
Und ich hab' die bunte Schar
von hunderttausend süßen Toden,
die um sein grünes Haar

und seinen ewig lachenden Mund
im Taumel aller Ideen
ihr Häuserschluchtentänzchen tanzen,
gerochen, gehört, gesehen.

Und Augen, Ohren, Zunge, Hände,
sogar die Nase melden:
Der vor dir steht, ist *der Andere*!
Das Flair des düsteren Helden

umgibt ihn wie ein giftiger Schleier,
der über dem Chaos weht,
das sich aus seinen Tritten und Schritten,
erhebt, wenn er sich dreht.

Mir ist, als hätt' ich auf ihn gewartet,
seitdem ich bin, der ich bin;
als wären alle meine Gedanken
um Leben und dessen Sinn

nichts anderes gewesen als
die Sehnsucht in Verkleidung
von zwitschernden Vögeln. Ich war ein Kind,
nicht fähig zur Unterscheidung,

was glänzend kluge Worte sind,
was Gier, was Schmerz, was Lust.
Nun, als der Bunte vor mir stand,
da hämmerten sie in der Brust.

Auf alles drückt er seinen Daumen.
Er sagt, er sei die Kraft,
die immer nur das Böse will,
und nur das Böse schafft.

»Ich bin der Kapitän, mit dem
du über ein düsteres Meer
und ohne Richtung ziehen wirst
und ohne Wiederkehr.

Du wirst nicht wissen, was ich will,
und weißt nicht, wer ich bin.«
Ich sagte: »Ich folge dir, auch wenn
du selbst nicht weißt wohin.

Ich will, oh, lass mich dein Bruder sein!
Ich will!«, bat ich ihn innig.
»Was kannst du? Was hast du schon Böses getan?« –
»Ein Mörder, ein Brandstifter bin ich!«

»Dann bist du geworden«, sagte er,
»wie ich geworden bin.
Mein Bruder, lass dir mein Leben erzählen!
Mein Leben war dahin,

schon ehe es begonnen hat.
Und darum wusste ich nie,
was Leben ist, was Liebe ist –
die kostbare Symphonie

aus Augenzwinkern, Küssegeben
aus Weinen und Vergnügen,
aus Flunkern, Witzeln, Kokettieren
und kleinen zarten Lügen –

ich durfte diesen Melodien,
dem Klang der Welt, nie lauschen!
Drum bin ich bunt, damit sich Schein
und Sein in mir vertauschen.«

Er sei ein zarter Bub gewesen,
da habe der Herr Papa
das große scharfe Küchenmesser
so tief in die Frau Mama

hineingestoßen, dass sie nicht
ein' Mucks mehr machen hat können,
worauf das Söhnchen, also er,
nicht könnenhat aufhör'n zu flennen,

worauf wiederum der Herr Papa
dem Sohn mit derselben Klinge
ein Lachen ins Gesicht geschnitten
und dann sich selbst die Schlinge

um seinen Hals gebunden hat.
Da sei das Söhnchen im Blut
der Frau Mama gesessen und habe ...
gelacht – und das war gut.

Denn draußen im Nebel haben die Hunde
das Schwesterchen aufgefressen,
und er, der Bub, er habe gelacht
und sei im Blut gesessen.

Sein Brüderchen war noch nicht ein Jahr
im Leben gewesen, es sei
im Bettchen verhungert und ausgetrocknet,
und er, der Bub, saß dabei

und hat gelacht, gelacht, gelacht,
gelacht in Ewigkeit –
von Ohr zu Ohr, von Ost nach West,
ein Lachen rot und breit.

Die Haustür hat der Herr Papa
mit Nägeln und mit Latten
versperrt. Wer drin war, konnt' nicht raus,
ob Menschen oder Ratten.

So saß er vierzehn Tage lang,
hat Mamas Blut geleckt
und Brüderchens Beinchen abgenagt,
sonst wäre er verreckt.

Er raufte mit den Ratten um
die letzten besten Brocken
und stopfte alle Nadeln, die
er fand, in seine Socken,

damit die Rattenviecher nicht
in seine Zehen beißen,
wenn er sich in die Heia krümmt
und weint und seine heißen,

verfluchten Tränen mit der Zunge
sich von den Lippen schleckt
und gierig nuckelt bis aufs Blut –
sonst wäre er verreckt.

Allein war er und trotzdem kroch
er in das letzte Eck.
Ein Püppchen hat er sich geknetet
aus seinem eignen Dreck.

Das Händchen sich zur Faust geballt
und in den Hals gesteckt
bis in den engen Schlund hinein –
damit er dran verreckt.

Ist nicht verreckt. Denn knapp davor
hat ihn ein Vagabund
im Elend gefunden und hat ihm
das Fäustchen aus dem Mund

gerissen – und die Kinderzeit
war Schlag zu Ende gewesen,
und er war keiner der Guten mehr,
nun war er einer der Bösen.

Der Vagabund war auch kein Guter,
ein Böser war er nicht.
Er hat den Buben ans Herz gedrückt,
voll Mitleid, und sein Gesicht

in warmem Kamillentee gebadet,
mit Jodtinktur behandelt –
umsonst! Die Narben haben das Mensch
in eine Bestie verwandelt,

ein Ungeheuer, ein Biest, das selbst
beim Untergang der Welt
einst lachen wird, und nicht, weil ihm
der Untergang gefällt.

Auf dieser Welt gefällt ihm nichts,
auch nicht sein eigenes Glück.
Gelächter über alles! Er ist
des Teufels Meisterstück.

Der Vagabund hat in der Nacht
zu seinem Gott gesprochen:
Er soll ihm alles verzeihen, was er
in seinem Leben verbrochen,

dafür werde er sich um dieses Kind
mit all seinen Kräften sorgen.
Das Kind hat's gehört. Der Vagabund
erlebte nicht den Morgen.

»Die Liebe und der liebe Gott
und all die lieben Sachen,
Erlösung, Himmel, Engel, Heil –
ich kann darüber nur lachen,

weil ich, wie du siehst, nur lachen kann.
Ich bin durch alles der Riss.
Auf allen euren guten Wegen
bin ich das Hindernis.«

»Ich habe«, sagte ich, »noch nie
den guten Weg genommen.«
Er lächelte durch sein Lachen hindurch:
»Dann bist du mir willkommen.«

Zwei böse Menschen in der Nacht,
die sagen einander die Namen:
»Ich bin der Hoochie-Coochie Man.«
»Und ich der Joker.« – Amen.

17

So viele tausend Ideen wollen
das Gute zum Besseren trimmen.
Denn interessanterweise gilt
als ausgemacht, die schlimmen

Affären unter den Ebenbildern
als »wünschensunwert« zu betrachten,
weshalb sich die besten Köpfe den Kopf
zerbrachen, ob mit sachten,

verständnisvollen Methoden oder
mit heiliger Gewalt
die gute Idee installiert werden soll.
Die Diskussionen sind alt,

so alt wie das Denken überhaupt.
Ergebnisse sind rar.
Die meisten Ideen sind lang und breit
und weder falsch noch wahr.

Nur umgekehrt, da gibt es nichts.
Ich meine: Wie stellt man es an,
dass unsere Gattung schlechter wird,
als schlechter sie sein kann?

Wie kann einer glücklich durchs Leben gehen?
So fragen die Philosophen.
Der Joker dagegen referierte:
»Wie gehen Katastrophen?

Gelingt es, eine Rezeptur
für *schlechtes* Leben zu schreiben?
Wie kann man einen glücklichen Mann
in größtes Unglück treiben?

Wie kann es gelingen, eine Frau,
die alles hat, was sie will,
in Unruhe, Zweifel und zuletzt
in einen Overkill

an Unzufriedenheit zu hetzen,
zu reizen bis aufs Blut –
wie diese nette Floskel sagt –,
so dass sie Dinge tut,

die nie mehr gutzumachen sind?
Die Bestialität ergründen –
das will ich. Wie wäscht man *in Schuld* die Hände?
Ich will die Bestie finden!«

Der Joker war ein kluger Mann,
ein wissenschaftlicher Geist,
in seinem Gehirn waren Rache und Hass
mit Intelligenz verschweißt.

»Wir müssen die Menschen zwingen und zwar
zu einer Entscheidung zwischen
zwei tödlichen Möglichkeiten, dann werden
sich Gut und Böse verwischen.

Denn wie sie sich wenden, sie tragen Schuld.
Ach!«, rief er aus. »Ich verehre
die blanke Macht der Möglichkeit,
sie führt uns in die Leere,

die hinter unserem Gehirn
sich öffnet wie die Wüste,
wo Satan siebentausend Jahr
für seine Sünden büßte …«

Nun brach es aus seinem Lachmund heraus:
»Ich denke mir eine Frau,
sie sitzt im Auto, das Auto hängt
am Abgrund, sie weiß genau,

sie kann nur sich selbst und eines der Kinder
vor diesem Unheil bewahren,
das andere Kind wird unaufhaltsam
hinab in die Hölle fahren.

Sie soll sich entscheiden: Welches muss sterben
und welches der beiden darf leben?
Sie weiß: Gleich, welches Urteil sie fällt,
sie wird es sich niemals vergeben.

Sie fleht zum Schicksal: Nimm nur mich!
Doch das ist nicht vorgesehen.
Dann würden nämlich Mutter und Kinder
gemeinsam zu Grunde gehen.

Dann wir gemeinsam, bittet die Frau.
Doch dieser Heroismus
ist wenig lobenswert, er ist
in Wahrheit Egoismus.

Denn sag: Wie kommt *ein* Kind dazu,
für Mamas ›Opfermut‹ –
den sogenannten, der so tut,
als wär' er rein und gut,

derweil er doch bloß pathetisch ist –
sein kleines Dasein zu geben.
Frag deine Kinder: Wollt ihr sterben,
sagt, oder wollt ihr leben?

Wie können die Kleinen das entscheiden,
verteidigt sich die Frau …«
Der Joker lächelt gegen sein Lachen.
»Jetzt heult sie, schau nur, schau!

Jetzt fällt sie innerlich auf die Knie
und schreit zum Himmel um Gnade.
Als ob grad der dafür zuständig wär'!
Der Himmel: Kann ich nicht, schade.«

Der Joker schaukelt die Schultern und spricht
im keckernden Ton einer Krähe
und beugt sich weit über sich hinaus,
als ob er die Frau vor sich sähe.

»Und nun erhebt sich das Gewissen.
Vermag es, den Knoten zu lösen?
Doch siehe: Es ist in unserem Fall
Verbündeter des Bösen!

Erst rät es der Frau: Behalt den Buben,
er ist der Starke von beiden,
er wird am Tod seiner Schwester nicht
wie sie an seinem leiden.

Er ist noch zu klein, um das Dilemma
verstehen zu können. Er kann
sich später nicht daran erinnern,
wie's war, wenn er ein Mann

geworden ist. Nur bitte, du darfst,
versprich, ihm nie erzählen,
dass du gezwungen wurdest, zwischen
der Schwester und ihm zu wählen.

Nun will sich also die Frau entscheiden,
die Tochter fallen zu lassen –
und weiß zugleich, für diese Tat
wird sie sich ewig hassen.

Sie stellt sich vor: den letzten Blick
der Tochter, bevor sie fällt.
Er wird auf der Seele schwerer lasten
als alles Gewicht der Welt.

Dann doch den Buben – er wird, wenn er fällt,
nicht wissen, was geschieht.
Er denkt, es ist ein Spaß, wenn er
das Lächeln der Mutter sieht.

Das Lächeln der Mutter? Sie soll ihr Kind
mit einem Grinsen töten,
mit einem bestialischen Grinsen im Maul
das Kind in den Abgrund treten?

Ich sag dir, mein Freund, in so einem Fall
wird immer ein Grinsen daraus.
Ja, lächeln will sie, doch Lächeln halten
der Mund und die Lippen nicht aus.

Denn Lippen und Mund sind ehrliche Leut',
gelogen wird drinnen im Kopf.
Im Kopf, wo die Bestien heulen, dort heißt es:
Was soll's! Steh auf und klopf

den Staub von den Schuhen, dreh dich nicht um
und *mach dich aus dem Staub!*
Was soll's, wir werden alle zu Staub!
Was soll's, grins' weiter und glaub'

dem schlechten Gewissen nicht! Es ist
Theater und nicht Gericht.
Erfind' keinen Richter, wo's keinen gibt!
Verzweiflung lohnt sich nicht.

Du siehst«, sprach der Joker, »was immer sie tut,
es wird etwas Böses sein.
Wir setzen das heilige Gewissen
als unsere Waffe ein.«

Nach diesem Kolloquium verschwand
er in die Luft hinaus.
Ich rief ihm nach: »Wann kommst du wieder?« –
Für heut war die Stunde aus.

18

Du kannst den Joker gar nicht verlieren,
weil keine Visagen ihm gleichen.
Wir trafen uns jede Nacht an den Ecken,
um »um die Häuser zu streichen« –

das war sein Begriff für »Vorträge halten«.
Er hielt, ich hörte zu.
Zwei einsame, krumme, dünne Gestalten;
der eine mit einem Schuh

in Pink, den anderen in Blau,
die Jacke rot, das Gilet
so gelb wie Hahnenfuß am Feld –
ein Clown im Varietee;

der andre in Hosen, zwei Nummern zu groß –
ich spreche nun von mir –,
ein Hoochie-Coochie ohne Gewähr,
ein käuflicher Kavalier,

ein räudiger Prediger ohne Glauben
dafür mit rostiger Kehle … –
Zwei Vögel der Nacht. Sie finden nicht Ruh
und kein Stück Brot für die Seele

in dieser schluchtenreichen Stadt,
beleuchtet von Feigheit und Glimmer,
die Feigheit grün wie Brennnesselsuppe,
der Glimmer schal wie immer.

Du fragst, was sollen hier die Metaphern?
Was ist an der Feigheit grün?
Die Feigheit nenn doch einfach feig!
Warum Vergleiche zieh'n,

von wegen Brennnesselsuppe und so? –
Du findest das idiotisch?
Ich rede verziert, als wär' mein Wort
ein zierlicher Rokokotisch?

Was heißt, der Glimmer sei immer schal?
Ich sag's dir: Er schmeckt wie Teig.
Und Neid ist gelb, die Liebe rot,
und grün ist eben feig.

So hab' ich's gelernt von meinem Herrn Doktor.
So hat er's mir diktiert.
Und ich, ich war von seiner Po-
esie poetisiert.

Ein Doktor der Beredsamkeit,
das war er, und ich sein Student.
Er biete einen Gratiskurs,
wenn ich ein Thema fänd',

zu dem er nichts zu sagen hätte,
weil nichts ihm einfallen tät'.
Ihm fiel zu allem etwas ein.
»Wie wär's mit Bestialität?

Mein Lieblingsthema!«, jubelte er.
»Da langt nicht eine Nacht!
Drum sollten wir's etwas enger fassen.
Wie wär's mit Niedertracht?

Ich definiere: Sie ist Requisit
von smarten Millionären,
die vor der Himmelstür so tun,
als ob sie Bettler wären.

Ich definiere weiter: Sie hat
den Charme von Krokodilen,
sie wälzen sich im Wasser und wollen
Komm-tanz-in den-Tod-mit-mir spielen.

Die Kunst der Bestialität ist nicht,
sich wie ein Tier zu benehmen.
Die Tiere benehmen sich nicht – sie sind.
Sie wissen nichts von Problemen

der Philosophie, Juristerei,
der Medizin sowie
den Ränken, Intrigen, der Perfidie
schon gar nichts von Felonie …«

»Davon weiß ich auch nichts«, sagte ich. –
»Drum bin ich ja für dich da!
Du bist mein Tierchen und hörst mir zu
und sagst, wenn ich frage: Ja.«

»Nur … aber ich wollte …« – »Sag ja!« – »Ich wollt' …«
»Sag ja, dann darfst du wollen.« –
»Ich wollte ja nur – da war ein Ja!« –
»Du sollst mit den jammervollen

Geheimnissen der Bestialität
durch mich, deinen Lehrer und
Genossen, aufs Nächste bekannt gemacht werden.
Ich rede, und du hältst den Mund!

Die Tiere tun, ohne vorher zu reden.
Die Sünde ist das Reden.
Als Adam redete, jagte ihn Gott
hinaus aus dem Garten Eden …

Ich frag' dich: Hörst du zu?« – »O ja!«
»Verstehen tust du's auch?« –
»O ja, o ja!« – »Verstehen heißt:
mit Rückgrat, Kopf und Bauch!

Das Rückgrat buckelt, der Kopf zerlegt,
der Bauch mengt all's ineinand'.
Was rauskommt, nennt das Lexikon
den menschlichen Verstand.«

So lehrte er und prüfte mich,
ich nickte wie eine Leiter
von oben nach unten, er nickte auch,
dann redete er weiter:

»Die wahre Bestialität gibt's nur
auf meisterlichem Gebiet.
Der Meister als Bestie aber ist
im Grunde ein Parasit,

und zwar in dem Sinn, dass er selbst kein Blut
an seinen Händen hat,
stattdessen sich einen Trottel sucht –
den guten Kamerad –,

der mit Trara und Begeisterung
die Drecksarbeit erledigt,
derweil der Meister aus sich'rer Entfernung
von Idealen predigt,

in deren Auftrag getan werden soll,
was Kameraden so tun.
Der Meister selbst liegt auf der Couch
und tut in Ruhe ruh'n …«

So strichen wir einsam um die Häuser.
Ein Schritt war wie ein Wort,
das eine folgte dem anderen
und so in einem fort.

Er redete, ich hörte zu,
verstand so gut wie nichts.
Er sei, sagte er, der Staatsanwalt
am Tag des Jüngsten Gerichts.

19

Das Böse tun, heißt: Böses *tun*
und nicht nur: Böses *sagen*.
Soweit hat's gefunkt in meinem Kopf,
im Rückgrat und im Magen.

Nur hatten wir bis dahin bloß
geredet von dem Bösen.
Hätt's Böse so getan wie wir,
wär' alles gut gewesen.

Dann eines Abends trafen wir
auf Burschen beim Kanal,
wo nirgendwo Laternen stehn.
Ein Blick: zehn an der Zahl.

Ich sage: »Denk, es wär' ein Film,
und wir beide führten Regie:
Wir hetzen fünfe gegen fünf,
nach deiner Theorie.«

Ich dreh' mich um, will auf die los,
denk' noch, wir sind zu zweit,
da hör' ich den Joker hinter mir sagen_
»Halt! Stopp! Ich bin nicht bereit,

so gänzlich ohne jeden Plan
wie von den Gänsen die Dümmste
den Füchsen vor das Maul zu laufen!
Es wäre fürwahr die schlimmste

Verletzung aller Prinzipien
des Bösen: ihm recht zu geben.
Sie werden gemeinsam gegen den Angriff
sich wehren und sich erheben

und zwar gegen uns, so dass wir klar
und deutlich die Bösen sind
und sie so unschuldig und rein
und ehrlich wie ein Kind,

doch wie ein Mann zusammensteh'n,
wo wir doch das Gegenteil
erreichen wollten, nämlich einen
sehr klaren, scharfen Keil ...«

Ach! – gegen den Hunger meiner Fäuste
verstopft er mit Worten mein Ohr.
Er redet, als stünde um seine Zunge
ein mehrstimmiger Chor.

»He, halt!«, nun ich, »ich bin vielleicht
der Allergescheiteste nicht
und werf' auch nicht von allen Leuchten
das allerhellste Licht,

und ganz besonders sicherlich
versteh' ich nicht deine Reden,
doch glaub' ich allmählich, es sind nur Reden
und weiter nichts als Reden,

es reimt sich immer dasselbe darauf
und selten nur das Gleiche,
drum habe ich beschlossen, dass ich
Zweidrittel davon streiche ...«

»He, halt!«, nun wieder Herr Doktor Spaß
mit seinen grünen Haaren,
»ich möchte' dich nur erinnern, dass
wir Lehrer und Schüler waren –

und ich der Erste, du … das Letzte –
die Reihenfolge sagt alles –,
ich also die Befehlsgewalt
besitze im Fall des Falles,

und dieser Fall ist eingetreten.
Hör zu und halte still!
Um's kurz zu machen, Hoochie-Coochie:
Du tust nur, was ich will!«

»Ich will …« – »Sei, still!« – »Ich will nur …« – Still!«
Da krampfte ich die Faust
und wollte sie … »Oh«, lachte er,
»dass du so böse schaust,

so grausam und voll Niedertracht,
das ist doch der Beweis,
dass meine Lehre Früchte trägt.
Du hast mit bravem Fleiß

das Bestiendiplom geschafft.
Die Praxis sei dir erlassen!
Wir müssen die nicht bluten sehn,
es langt, wenn wir sie hassen.«

Mir langte es noch lange nicht!
Es juckte mich im Blut!
Es war stets sehr erfrischend gewesen,
wenn's anderen wehe tut!

O Sehnsucht! Ich erinnerte mich
an jene Prügelei
zusammen mit dem Abgesandten
der einen Gottespartei

im Contra gegen die andere.
Mein Gott, wie war das schön,
im Namen des einen Oberguten
die anderen leiden zu seh'n!

Warum denn nicht im Namen des Bösen?
Ich habe vom Guten gelernt.
Die Lehren des Guten sind gar nicht
so weit vom Bösen entfernt.

Und außerdem dachte ich, auch dies
gehört zur Prüfung. Drum
lief ich hinüber zu den Burschen
und stieß den ersten um

und schlug dem zweiten mit dem Ring
die Vorderzähne ein
und trat den dritten in den Sack
und brach das Nasenbein

vom vierten, und dem fünften riss
ich an den beiden Ohren,
solange, bis sie nicht mehr waren,
wo sie ihm angeboren.

Der sechste aber war gefasst.
Das heißt, er schlug zurück.
Er fetzte mir mit seinen Nägeln
ein daumengroßes Stück

von meinem Hals und fraß es auf.
Das ist ihm nicht bekommen!
Ich habe ihm mit *meinen* Nägeln
das Augenlicht genommen.

Die Nummern sieben, acht und neun,
die waren sehr erschrocken.
Sie übergaben sich und kotzten
vom Abendbrot die Brocken,

die unverdaut in ihrem Magen
sich nicht erwartet hatten,
sie würden einst zu Leckerbissen
für Käfer und für Ratten.

Ich haute die Köpfe gegeneinander,
dann kotzten sie nicht mehr.
Und würden es wahrscheinlich nie mehr tun.
Ihr Magen war endgültig leer.

Der zehnte kniete nieder und flehte,
ich möge ihn bitte nicht schlagen,
versprach dagegen, meinen Ruhm
hinaus in die Welt zu tragen.

»Ich werde singen, ich habe noch nie
ein solches Arschloch gesehen!«
Das schien mir ein faires Angebot.
Ich ließ ihn leben und gehen.

So stand ich da, ein siegreicher Krieger,
geschmückt mit schillernden Wunden.
Ich drehte mich um – und siehe da,
Herr Joker war verschwunden.

Er ist verschwunden und kommt nicht mehr,
wie Luft, wie dünne Luft.
Ein Wahn, ein blasses Hirngespinst,
das in der Sonne verpufft.

Im Osten glimmte das frühe Silber,
die Amseln begannen zu singen,
dort duftet das frisch gemähte Gras …
Was wird die Zukunft mir bringen?

Von weitem hör' ich die Autobahn,
die Natter ruht auf dem Stein,
die Boeing zieht ihren weißen Streifen …
Wer werde ich einmal sein?

Ich schaute durch die blaue Kuppel
ins weite Weltall hinaus …
Mein kleines Auge, der große Himmel –
wie geht sich das alles aus?

20

»Und was ist mit der Liebe, der süßen,
den Blicken und den Röcken,
den enganliegenden Hosen und Blusen,
die Gier und Hingabe wecken?«

So fragst du? Ja? – So fragst du, ja.
Ich hör' dich durch den Wind,
der oben in den Blättern rauscht,
die nun schon herbstlich sind.

»Was ist mit Hoochie-Coochie, dem Reißer,
der sich die Kugeln richtet,
wenn er, sei's seitwärts oder frontal,
ein Fräulein Fräulein sichtet?

Die Jugend donnert durch das Tal,
die große Auftrumpferei,
und jeder plakatiert auf der Stirn,
dass er Einzige sei,

der erstens zärtlich, zweitens hart,
dann drittens lieb und treu
und viertens täglich immer gleich
und dennoch immer neu

von nun an bis in Ewigkeit
die Liebste niederreißt …
He, Hoochie-Coochie, nicht, dass du
von Liebe gar nichts weißt?«

Die Antwort: Den hat's nie gegeben,
den reißenden Kavalier,
auch nicht den schüchternen Charmeur,
schon gar nicht den dampfenden Stier.

Die Liebe der Jugend wird überschätzt.
Ich habe sie ausgelassen.
Ich war nie einer und fand auch niemand
zum Zu-, An- und Umfassen.

Ich sah die Paare im Gebüsch
der Parks zur Sommerzeit,
sie mühten sich ab und taten mir
von ganzem Herzen leid.

Ich hörte ihre kleinen Schreie
und fragte nur: Ist's Leid?
Ist's Lust? Ist's irgendwas dazwischen?
Ich wusste nicht Bescheid.

Und wollt' auch nicht wissen. Die Augen schauten
so ernst ins Nichts hinein.
War Liebe auch nur eine Idee?
Ich war am liebsten allein!

Ich hatte ein Kinderherz im Hemd.
Ein Herz kennt keinen Sinn.
Ich fragte, wer bin ich, und gab zur Antwort,
dass ich ein Wanderer bin –

ein Wanderer, den nie mehr eine
Idee vom Sinn der Welt
dazu verleiten kann, dass er
am Wegrand innehält

und weiterdenkt als bis zur Spitze
der Schuhe, die ihn tragen.
Nichts soll mich jemals wieder verführen,
nach Sinn und Unsinn zu fragen!

Dann war ich hungrig und nahm die Rute
und fing einen Saibling im Bach
und briet ihn auf einem heißen Stein
und saß unterm Blätterdach

von einer Buche oder Eiche,
ich kannte den Unterschied nicht.
Ein Wanderer ist gern allein,
er liebt das Sonnenlicht

und liebt nicht weniger den Mond,
der sich sein Leuchten borgt
und sich wie ich um niemanden sonst
als um sich selber sorgt.

Mit einem Unterschied zum Mond:
Ihn kennen wir nur von vorn.
Wenn ich mich dreh', dann kommt ans Licht
der gute alte Zorn.

21

Und eines Tages – ich weiß nicht mehr wann,
doch sicher nach etlichen Jahren –
ich ging an den Siedlungshäuschen vorbei,
die mitten gebaut worden waren,

hinein, wo früher Wildnis rauschte –,
da sah ich in einem der Gärten,
den blumenbestückten und rasenbelegten
und fürsorglich rundum versperrten,

den Hausherrn steh'n, einen stattlichen Mann.
Mir war, als ob ich ihn kennte.
Er füllte den Plastikpool mit Wasser –
darin schwamm eine Ente,

sie ebenfalls aus Plastik und bunt,
wie Kinder mit ihr spielen –,
und schnell verglich ich in meinem Kopf
mit diesem Mann die vielen

Gesichter, die mir in meinem Leben
schon alle begegnet waren.
Und plötzlich wusst' ich's: Wären sie grün,
ich hätt' ihn erkannt an den Haaren!

Der Joker war's. Ich sah, dass er
das Lachen, das ewige satte,
das hässlich war und schön zugleich,
sich lediglich aufgeschminkt hatte.

Er trug ein T-Shirt mit einem Emblem –
ich las: *God speed to you!* –
und Plastiksandalen und kurze karierte
beschissene Hosen dazu.

Ich stellte mich an den Zaun und schaute.
Da trat aus dem Haus eine Frau,
so blond und braun wie Nivea-Werbung,
die Augen kornblumenblau.

Sie gab dem Mann ein Küsschen auf
die Nase, er ihr auf die Wange,
sie schritten gemeinsam zum Gartengrill,
er nahm die Kohlenzange

und stocherte damit in der Glut,
sie legte die Koteletts auf,
dann riefen sie gemeinsam zwei Namen,
und flott in fröhlichem Lauf

erschienen auf dem Rasen ein Bub
und hintendrein ein Mädchen,
der Bub mit einem Ball unterm Arm,
das Mädchen auf einem Rädchen.

Nun setzten sich alle um den Tisch
zu Bier und Limonade,
und ich, der Spielverderber, rief:
»Ich finde es sehr schade,

dass du mich nicht eingeladen hast
zu eurem Picknick im Freien!
Sag, bist du bereit, deine Lieben in
dein Treiben einzuweihen?

Ich glaub', deine Kinder möchten sehen,
wie ihr Herr Vater lacht?
Ich könnte deine Fratze ziehen.
Wär' das dann Niedertracht?

›Die Niedertracht ... die Niedertracht ...
wie soll ich sie erklären ...
sie ist ein smartes Requisit
von smarten Millionären ...

Sie hat ... sie hat ... wie hieß es gleich ...
den Charme von Krokodilen,
sie wälzen dich im Wasser und wollen
Komm-tanz-in den-Tod-mit-mir spielen.‹

Sag, willst du nicht nach Grill und Bier
ein Referätchen halten?
Die Liebsten würden sich sicher freu'n.
Und dann stell mich, den alten

Genossen deiner Jugend, vor,
den Hoochie-Coochie Man,
›der segelte durch das düstere Meer
mit seinem Kapitän,

ganz ohne Richtung und Wiederkehr‹;
er sei dein Schüler im Bösen –
zwar nur in grauer Theorie,
doch immerhin – gewesen.

Wie wär's mit der traurigen Moritat
vom grauenbösen Mann,
der seinem Söhnchen die Wangen schlitzt,
damit es lachen kann?

Na, was denn! Das gefällt dir nicht?
Ich könnte euch auch erschießen.
Jetzt scheißt du dir in die Hosen, stimmt's?
Die heißen Tränen fließen

der Frau und den Gören über's Gesicht …
gleich ist das Flennen vorbei …« –
Er griff zum Handy, und ruckedizuck:
erschien die Polizei

und nahm mich mit und sperrte mich ein
und holte den Psychiater,
der fragt': »Was haben Sie gegen den Bürger,
den Ehemann und Vater,

der hier in der Stadt Respekt genießt,
aus gutem Umfeld stammt,
die Mutter Ärztin, der Vater Notar,
und demnächst für das Amt

des Bürgermeisters kandidiert,
ein Doktor der Jurisprudenz,
verheiratet mit der Tochter eines
Vertreters des Parlaments?

Das war doch bei Gott beinahe ein
politisches Attentat!
Warum und wer sind Sie?« Ich sagte: »Ich bin
der gute Kamerad.«

Das war's. – Der Psychiater hat
sein Gutachten geschrieben,
und ich bin daraufhin ein Jahr
in seiner Anstalt verblieben.

Dort hat man mir morgens und mittags und abends
je eine Spritze geschenkt,
auf Kosten des Staates. »Damit wird dein Geist
in ruhige Gewässer gelenkt.«

So drückte sich der Pfleger aus,
die Arme tätowiert,
auch er sei als junge goldene Null
im Schiff übers Meer kutschiert.

»Der Schiffskoch hat mit Tinte und Teer
die Haut geritzt, er war
ein Künstler und ein Liebhaber,
der Egon von der Saar,

der jeden steifen Schwanz an Bord
gelutscht hat und gerieben,
ein Ärschchen wie ein Pfirsichchen,
er hat auch Gedichte geschrieben,

und zweie hat er mir tätowiert,
je eines auf jeden Backen,
die schau' ich mir im Spiegel an
am Morgen nach dem Kacken.«

»Was ist aus dem Egon von der Saar
geworden?«, fragt ich den Pfleger.
»Er ist gestorben wie alle an Bord
an jenem bösen Erreger,

den du dir selber holen musst
und der dann bei dir bleibt
und dir die allerletzte Liebe
aus Fleisch und Seele treibt.«

Ich mochte ihn gern, den Mann, der mir
die Mahlzeiten und Tabletten
servierte. Er nahm mir die vorletzte Liebe
für Schnaps und Zigaretten.

So dämmerte ich dahin, und dann
nach einem Jahr war ich frei.
Am Wegrand blühte der Holder, doch
die Jugend war vorbei.

Reife

22

Ein zwanzig Jahre alter Schuft … –
Punkt-Punkt, Gedankenstrich.
Wer ist der Schuft? Wer ist der Strich?
Wer sind die Punkte? – Ich.

Ein Koffer, halb so groß wie deiner,
war alles, was ich hatte,
und der war nur zu Hälfte voll;
am Hals eine rote Krawatte,

die hatte der Psychiater mir
aus seinen Beständen geschenkt:
»Damit unser hübschester Patient
an seinen Doktor denkt.«

Die Narben der Jugend standen mir gut,
auf Stirn und Wange je eine,
ein Messerstich am Oberarm –
und um den Hals eine feine,

gerade, zierliche weiße Spur,
die rührte von einem Spagat,
mit dem man mich erwürgen wollte,
als ich bei Stoß und Skat

zwei feine Herren betrogen habe –
das »fein« bezieht sich nicht
auf ihre Manieren, weniger noch
auf Züge im Gesicht,

die irgendwelche Hinweise auf
Sensibilität enthielten –
der eine war masern- und pockennarbig,
die Augen des anderen schielten.

Der Klinge am Hoden gilt das »fein«,
aus Damaszenerstahl.
Eins hieß: entmannen, zwei hieß: erwürgen –
die beiden standen zur Wahl.

Ich sagte: »Zwei!« – Nun gut, der eine
hat also die Schlinge gezogen,
und ich zieh' den Mann ins Gespräch und hab' ihn
mit taktischen Dialogen

von seiner Aufgabe abgelenkt,
dann flink nach dem Messer gegriffen –
nach drei Sekunden haben die zwei
aus keinem Loch mehr gepfiffen.

Doch wie geht's weiter? – Ein Mann mit zwanzig,
der sollte endlich beginnen,
mit Stil zu schnippen, zu schnaufen, zu schnäuzen,
um Ansehen zu gewinnen.

Ich wollte Zutritt zu den so-
genannten höheren Kreisen;
ich habe gelernt, wer mächtig ist,
kann aber nicht ordentlich speisen,

dem steckt zwar immer einer im Arsch,
um in den Darm zu kriechen,
der tut ihm schön und leckt ihn blank,
doch kann er ihn nicht riechen.

Gesittet essen, mit Messer und Gabel,
das nennt der Mensch Kultur.
Wer das beherrscht, dem steht das Tor
zur Welt weit offen – nur:

er muss auch über die Schwelle schreiten,
das heißt: sich weiterbilden.
Es reicht nicht, stilvoll Schnitzel zu kauen
und auf die alten wilden

Gebräuche zu verzichten, sprich:
zu rülpsen und zu schmatzen,
und was vom Esstisch übrigbleibt
zu teilen mit den Spatzen.

Es kommen dazu Musik und Theater …
und mehr noch in dieser Richtung,
die Filmkunst und die Philosophie,
das Malen und die Dichtung.

Ich spreche so ausführlich darüber,
weil ich ein langes Jahr
die weite, breite, tiefe Welt
studiert habe; ich war,

wenn ich's zusammenfassen soll,
möcht' sagen: ein Student,
der, kurzgefasst, von Fernsehsender
zu Fernsehsender rennt

und Dokumentationen und
historische Filme und
auch Tierfilme aus Tasmanien
und altes Handwerk und

die Ureinwohner des Irak
und heidnische Riten und
das Leben im Marianengraben,
... durchaus studiert hat – und

die letzte Handbreit auch noch, die
das Fass des Wissenswerten
zum Überfließen bringt ... All das,
was exquisite Experten

seit tausenden Jahren zusammengetragen
und aufbereitet haben,
das habe ich hineingestopft
in den Marianengraben,

den ich bisher »mein Hirn« genannt
und damit angegeben
und mächtig großgetan, es sei
das Gold in meinem Leben –

derweil es, wie gesagt, ein Loch,
ein leeres war. Ich war,
auf den Begriff gebracht, ein Depp,
ein voller Depp sogar.

Ich wollte ein anderer werden, zumindest
ein anderer Idiot.
Die Wolken am Himmel lösten sich auf –
der alte Adam war tot.

Ich stellte mir eine Liste zusammen:
Punkt eins: Frisieren, rasieren.
Punkt zwei: ein Anzug, grau, dezent.
Punkt drei: den Mut nicht verlieren.

Punkt vier: die klügste Brille besorgen.
Punkt fünf: eine Maniküre.
Punkt sechs: ein schönes Büro in der Stadt
mit Messingschild an der Türe.

So ging es über dreiunddreißig:
Zitate auswendig lernen,
und sechsundsiebzig: Mundpflege und
den Plaque und den Zahnstein entfernen,

zum letzten Punkt, zur Nummer hundert,
der schwierigsten von allen:
dem lieben Mitmensch ins Auge sehen
und nicht ins Wort ihm fallen.

So hab' ich die Universität,
die ich mir selbst geschaffen,
mit *summa cum laude* absolviert –
ein steiniger Weg vom Affen

zum Nahe-dran-am-Tschentlemann.
Ich hörte die Blätter rauschen,
ich sah die Straßenbahn bei der Oper
und wollte mit niemandem tauschen;

ich schwöre, ich war von der Oper begeistert –
noch mehr begeisterte mich,
dass ich sie von außen sah und nicht
zwangsweise auch innerlich.

Und manchmal lag ich nachts auf der Wiese
und blickte zum Himmel empor,
sah Rote Riesen und Braune Zwerge,
im Mai einen Meteor

und im August einen ganzen Schwarm;
sah *nicht* das Schwarze Loch,
das kann man definitionsgemäß
nicht sehen und kennt es doch,

genauso wie die dunkle Materie;
auch kann man den Urknall nicht sehen,
und trotzdem, quasi dem Auge zum Trotz,
ist er irgendwann geschehen.

Zwei Dinge erfüllten mein Gemüt
mit immer wieder neuer
Bewunderung: mein Herz und der Himmel,
so schön und so ungeheuer.

23

Ein Mann wie ich muss Ziele haben.
Ein volles Hirn muss werken.
Nur nützt's den Menschen draußen nichts,
wenn sie davon nichts merken.

Es gibt zwei Kategorien von Menschen:
Die einen haben Ideen,
die anderen führen Ideen aus –
die müssen sie nicht verstehen,

es reicht, wenn es ihnen gelingt so zu tun,
als ob sie ins Kleinste wüssten,
was konsequent getan werden muss,
gesetzt, dass sie irgendwann müssten.

Genau einen solchen suchte ich.
Mein Ziel war ein Betrieb,
der Sehenswertes produzierte.
Ich setzte mich hin und schrieb

ein Inserat für die Tageszeitung:
»Ein kluger Mann sucht einen,
der klüger ist als er, Bedingung:
Er darf nicht klüger scheinen.«

Ein Künstler kam (der wusste noch nicht,
dass er ein Künstler ist).
Der hatte niemanden auf der Welt.
Gar niemand hätt' ihn vermisst,

wenn er jetzt umgefallen wäre
und gleich hinunter ins Grab.
»Ich«, sagte er und sah mich an,
»bin alles, was ich hab'.«

Ein junger, schmaler, bleicher Mann
mit feuchtem rundem Mund –
Gesamteindruck: befriedigend,
ein wenig ungesund.

»Sag, wie verbringst du deinen Tag?« –
»Ich schaue viel und stehe.« –
»Was schaust du?« – »Vögel.« – »Welche?« – »Alle.« –
»Und sonst noch?« – »Hasen … Rehe …«

Er stand und schaute – schaute und stand.
»Du hast keine Zeugnisse?« – »Nein.« –
»Was kannst du?« – »Nichts.« – »Was weißt du?« –
»Nichts.« –
»Was willst du?« – »Anders sein.«

Ich bat ihn, irgendetwas zu zeigen,
was er mir zeigten möchte.
Er drehte sich um und senkte den Kopf
und streckte seine Rechte

weit in die Luft, wie es Schauspieler tun,
wenn sie eine Rolle probieren.
»Vielleicht das hier«, sagte er. »Das ist schön.
Der Titel lautet: Spazieren.«

Er *wollte* nicht nur anders sein,
er *konnte* es. Und gut!
Er machte Charly Chaplin nach
mit nichts als einem Hut.

Den nahm er ab und grüßte mich,
wobei er sein Mündchen verzierte,
und ging zwei Schritte und schwang ein Stöckchen,
das gar nicht existierte.

Dann spielte er die Luftgitarre
im Stil von Muddy Waters,
ich meinte, ich säh' ihn auf einer Bühne
im Stil des Orpheum Theaters

von Memphis Tennessee. Ich meinte
den Hoochie-Coochie Blues
zu hören – doch alles rundum war still.
Mit einem letzten Gruß

ins Publikum ging er von der Bühne.
Ein wunderbares Konzert –
es hat allerdings nie stattgefunden
und war doch des Jubels wert.

Nun starrte er und drückte zwei Finger
sich auf die Lippe, und siehe:
Da steht Herr Adolf Hitler vor mir!
Fehlt gar nicht viel, und ich fliehe

durch Frankreich, Spanien, Portugal
bis nach Amerika,
wo ich um die Staatsbürgerschaft ansuche –
so wahrheitsgetreu stand er da.

Zuletzt – das war das Allerbeste –
da stellte er sich hin,
er sagte nichts, er schaute nur,
als wäre am Beginn

der großen Menschheit dieses Gesicht
uns allen Model gestanden,
vom Fujiyama zum Ural,
vom Tschad bis zu den Anden;

als stammten wir alle von dem da ab.
Der Urahn als junger Mann –
so stand er da und sagte nichts
und schaute mich nur an.

Dabei war sein Gesicht wie Papier
mit keinem Buchstaben drauf.
Ich griff danach und fragte ihn:
»Sag, steht dein Gesicht zum Verkauf?«

»Ja«, sagte er. Und ich: »Wie viel?« –
»Für Kost und für Logis.« –
»Bestiehlst du mich?« – »Nein, tu' ich nicht.« –
»Belügst du mich?« – »Nein, nie.«

Ich war begeistert bis ins Herz!
Ein Mann aus Silber und Gold!
Nicht gegen den Kaiser von China hätte
ich diesen tauschen gewollt.

Im hellen Gesicht des Mannes war
genügend Platz für jede
beliebige Meinung, für jede Sendung,
für Rede und Gegenrede,

für jede Gesinnung, jedes Glück
und jedes Unglück dazu,
für Abenteuer im Weltenraum
und heimatliche Ruh'.

Denn alles, was er mir gezeigt,
hab' ich *in mir* gesehen.
Er sieht nicht aus wie Charly Chaplin,
kann weder so schauen noch gehen,

er spielt den Blues nicht wie Muddy Waters,
den hör ich in mir drinnen.
Die Leute werden ihn bestaunen!
Sie werden Geschichten spinnen,

die er nicht kennt, die sie sich selbst
aus ihren Köpfen melken.
Sie schauen auf verwelktes Kraut
und denken, es sind Nelken;

sie riechen Sumpf, sie hören Frösche,
und denken Parfüm und Harfe,
sie sehen ein loderndes Engelsgesicht
noch in der hässlichsten Larve.

Er ist das reine Genie des Nichts!
Die Welt wird sich verneigen.
»Du darfst nur niemals nie, versprich's,
dein innerstes Inneres zeigen!«

»Das wird nicht schwer sein«, flüsterte er.
»Wo andere innendrin
noch etwas haben, ist bei mir nichts.
Ich bin nur, der ich bin.«

Ich »borgte« mir einen LKW
und baute die Bretter der Welt
auf seine Ladefläche, daneben
ein Kübel fürs Eintrittsgeld

und rundherum viel Buntes und Glitzer
und Glühbirnen und zwei Laken,
türkis gefärbt, eins rechts, eins links,
an protzig goldenen Haken.

Und oben drüber und angestrahlt
in Saphir und Rubin:
»Die Hoochie-Coochie Zaubershow –
du schaust und bist dahin!«

Wir zeigten der Welt nichts als das Nichts.
Das war von allen Ideen
die einfachste und zugleich die größte,
die je die Welt gesehen.

Mein Kompagnon hatte keinen Namen,
und wer sich sein Gesicht
auch noch so deutlich merken wollte,
er merkte es sich nicht.

Und alle sahen nichts und waren
so glücklich wie an Weihnachten,
und jeder dachte die gleichen Gedanken,
die alle um ihn herum dachten.

Doch keiner sah, was der andere sah,
und jeder durfte sich denken:
der auf der Bühne gehört nur mir,
nur mich will er beschenken.

24

So zogen wir mit unserem Wagen
im Tingeltangel dahin,
quer durch Europa, von Lissabon
nach Rom, Paris, Berlin …

Die Show bestand aus weiter nichts
als dazustehen und schauen,
beobachten und abzuwarten,
wie unten die Männer und Frauen

sich Vorbild, Freiheit, Rausch und Glück
aus diesem leeren Gesicht,
das auf der Bühne sich präsentierte,
erhofften, als wär' es das Licht,

das sie aus der Finsternis erlöste.
Der Eintritt etwa im Wert
von einer Stange Zigaretten.
Noch keiner hat sich beschwert.

Wir führten ein angenehmes Leben.
Auf teuren Speisekarten
erlaubten wir uns, die rechte Seite
zu ignorieren. Wir sparten

an keiner Ecke, an keinem Hotel,
an keiner Cocktailbar.
Nicht, dass sie uns schmeckten, wir fraßen sie trotzdem,
Langusten und Kaviar.

Was übrig blieb, das ließen wir stehen.
Ein Loch in der Tasche zeigt nur:
Von oben kommt mehr, als nach unten geht,
’s braucht keine Reparatur.

Und rinnt das Geld zu schnell, dann folgt
ein Rat der Diagnose:
Kauf einfach einen neuen Rock
und eine neue Hose!

Im Herbst erst kam der Gedanke, für
den Winter vorzusorgen.
Da waren die Vorräte aufgezehrt,
es reichte grad noch bis morgen.

Schon übermorgen fragten wir bei
McDonalds, ob sie uns, bitte,
Pommes Frites und einen Cheeseburger leihen
und eine Apfelschnitte.

Und überübermorgen konnte
man sehen, wie wir uns über
den Abfallcontainer beugen – ach,
die Tage wurden trüber …

Wir landeten schließlich im Wiener Prater.
Es war im Winter und kalt.
Wir schliefen unter dünnen Decken,
eng aneinander gekrallt.

Wir hatten einen Platz gefunden
im Schatten vom Riesenrad –
nur Schatten gab's nicht, weil Sonne gab's nicht.
Der Wiener Magistrat

hat beide Augen zugedrückt
und uns hier parken lassen,
umgeben von blätterlosen Platanen
in einer der einsamen Gassen,

wo Praterstrizzis und Ganoven,
verstoßen und vergessen
wie wir, ihr krummes Geschäftchen treiben,
heißt: huren, klauen, erpressen,

wenn's anders nicht geht, auch ein bisschen morden –
mit denen mussten wir
ein Abkommen treffen, heißt: Abgaben leisten.
Sie meinten, es sei nicht Gier,

es sei der Überlebenstrieb.
Ob's wahr ist? Das spielt keine Rolle.
Wer fragt beim Schnee, ob's gut oder böse
gemeint war von Frau Holle.

Da kam mir zum ersten Mal der Gedanke,
so kann es nicht weitergehn.
Als der, der ich *jetzt* bin, hab' ich mich nicht
in meinen Träumen gesehn.

Ich habe, gestand ich mir bitter ein,
aus meinem Kapital
nicht alle Zinsen herausgeholt.
Zu schmächtig ist die Zahl,

die Monatsende netto auf
dem Kontoauszug steht.
Ich hatte gehofft, dass die Einkommenskurve
schon bald durch die Decke geht.

Stattdessen war geschehen, was
ich oben beschrieben habe.
Der Nebel kroch in die Ärmel hinein,
und über uns krächzte ein Rabe.

Bei diesem Wetter bleibt der Mensch
zu Haus, wo er sich betrinkt,
er will nicht auf die Straße, wo es
nach feuchten Hunden stinkt.

Ins Freilichttheater auf kalte Bänke,
am Leib die klammen Fetzen,
kein heißer Tee im Angebot,
möcht' er sich schon gar nicht setzen.

Die Folge war, dass der Kontostand
dem Wort entsprach: Er stand –
und zwar auf der Höhe des Meeresspiegels
und drei Meter vor dem Rand,

wo's, wär' die Erde eine Scheibe,
hinab in den Abgrund geht,
und unser Projekt wär' aus blankem Blech,
und unten wär' ein Magnet …

Verzeih mir, ich bitt', die bunten Bilder.
Inzwischen kennst du mich ja.
Wenn's schlecht um mich steht, sind wenigstens
die bunten Bilder noch da.

Ich wandte mich an den Kompagnon:
»Die Scheiße muss anders werden!«
Er sagte: »Dein Wille geschehe wie
im Himmel so auf Erden.«

Ich fand, das war ein gutes Wort.
Denn: *Ich* war der Intendant!
Mein Glück und seines – vor allem meines –
hielt ich in meiner Hand.

Mir war vom Schicksal aufgetragen,
den Mann ohne Namen zu formen.
Ich sollte dabei nicht kleinlich sein,
ich sollte um keine Normen

Gedanken mir machen. Das Genie
darf alles, es ist frei!
Das Schicksal hatte mir befohlen,
dass ich sein Pate sei.

Und Pate-Sein, das kann doch nur heißen:
Ich soll von meinem Leben,
was wertvoll war und teuer, an
den Schützling weitergeben.

Ich ließ mein Leben vorüberziehen –
die Kindheit, die Jugend, das Glück –
von jedem Kuchen hatt' ich gekostet,
ein bisschen von jedem Stück.

Ein bisschen auch von der Politik.
In *bisschen* passt *bisschen* hinein –
die Politik aber möchte mehr
als nur ein *bisschen* sein.

Und ebenbildlich dem Charakter
der Politik ist meiner.
Ein bisschen vom Dämon taugt mir nicht.
Der ganze oder keiner.

25

Ich sah mich um nach einer Partei,
in der die korrupten Jungen
sehr schnell Karriere machen können.
Schon bald war es mir gelungen,

im innersten Kreis der »Volkspartei«
(ich nenn einen anderen Namen)
verschiedene Kandidaten, die
für mich in Frage kamen,

in »streng geheime« Gespräche zu
verwickeln, dergestalt
ich ihnen mit Hand aufs Herz versprach,
dass sie zu ihrem Gehalt

ein dreifaches Sümmchen dazuverdienen,
wenn sie sich für den einen,
den Unbezwingbaren, Unbeschreiblichen
zu einer Fraktion vereinen

und gegen den amtierenden
Parteivorsitzenden stimmen.
»Er trägt die Schuld, dass uns die Felle
den Bach hinunterchwimmen

und wir bei der nächsten Wahl bald unter
den zwanzig Prozenten liegen.
Nur mit dem Unbezwingbaren werden
wir siegen, siegen, siegen!«

Es war nicht schwer, das Mittelmaß
mit einem Blender zu blenden
und groß zu tun, das Blatt könnte sich
zu ihren Gunsten wenden,

wenn sie sich hinter den Neuen stellen.
Hat einer aus eigener Glut
auch nur ein Lämpchen zum Leuchten gebracht?
Gut, wenn's ein anderer tut.

»Doch Obacht! Der amtierende,
der schwache Opportunist,
weiß grade wegen seiner Schwäche,
was knechtisches Schleimen ist.

Das schärfste Geschütz der andren Partei
im Contra zu unsrem Genie
wird aufgefahren werden, und
die impotente Partie

des impotenten Parteivorsitzenden
verbandelt sich mit den andern.
Das heißt, es kann sein, dass einige
von uns zu den andern wandern,

weshalb die erste Strategie
dem Abschuss dieses Mannes,
des impotenten, gelten muss –
Das Motto lautet: Er kann es

nicht! – – –
Wir müssen ihm überall schaden!
Die einen spucken ihm ins Gesicht,
die anderen beißen die Waden,

die dritten stellen ihm ein Bein,
die vierten verleumden ihn,
die fünften verbreiten Gerüchte über
den finanziellen Ruin

des feinen Herrn – das werden wir
natürlich dementieren,
jedoch nur äußerst zögerlich,
als ob wir zwar protestieren,

im Inneren aber wissen, es stimmt,
nach außen hin ihm die Stange
noch halten wollen, aus Loyalität,
doch sicher nicht mehr lange.«

Ich kriegte mit Hilfe von Charme und Geduld
die meisten auf meine Seite –
und nicht nur die Dummen waren dabei,
auch einige Gescheite.

Der Unbezwingbare, Unbeschreibliche
war wer? Du hast es erraten –
kein andrer als mein Kompagnon.
Wir taten, was immer wir taten:

Er stellte sich vor die feigen Hunde
und machte sein Gesicht,
und ihnen war nicht anders, als ob der
Messias zu ihnen spricht.

Und Slips und Augen wurden nass,
die Stimmen heiser vom Singen,
Der Heiland schwebte herab und brachte
hie Kehlkopf, da Kassen zum Klingen.

Ich schmierte die grellen Zeitungen,
damit sie über ihn schreiben,
er solle endlich den Chef der Partei
von seinem Platz vertreiben.

Er sei der einzige, der unser Land
aus tiefstem Elend führen
und endlich wieder groß machen könne. –
Sie ließen sich's gern diktieren,

denn ich versprach den Redakteuren,
wenn er erst Kanzler sei,
dann lohne sich zum ersten Mal
für sie die Schreiberei,

denn alle fetten Inserate
verwandelten sich in Geklimper,
und niemand würde es je erfahren,
»Da zuckt nicht eine Wimper!«

Doch Überraschung! Der Chef der Partei,
der glänzte mit guten Ideen!
Den Kindern im Land wollt' er Gutes tun,
und bald hätten alle gesehen,

dass dieser impotente Idiot
kein schwacher Opportunist
schon gar nicht ein Idiot, sondern ein
korrekter Gentleman ist,

der ruhig und kompromissbereit
viel Gutes für unsere Leut'
gemeinsam mit der andren Partei
voranbringt – in Einigkeit.

Zum Glück gelang es uns zuletzt,
den Vorschlag zu verhindern,
indem wir Lügen behaupteten
und somit vielen Kindern

ein gutes Beginnen ihres Lebens
ruck-zuck verdorben haben –
was durchaus aus pädagogischer Sicht,
besonders bei den Knaben,

ein Gutes hat: Sie lernen, sich
mit Ellbogen durchzusetzen
und niederträchtig zu sein und verschlagen,
zu fälschen und zu hetzen.

Sie schleichen um die Parteizentrale –
ob wir sie brauchen können
und was sie zu erwarten haben,
wenn sie sich zu uns bekennen ...

So haben sie die guten Noten
im Schulfach Niedertracht
zu lenk- und schwenkbaren Mitarbeitern,
sprich: Oberdeppen gemacht.

Doch alles zusammen nützte nichts –
da kam uns der Zufall entgegen –
ich sag doch lieber, die Vorsehung
mit ihrem politischen Segen.

Die Tochter des Chefs nämlich starb dahin,
in wenigen dunklen Tagen.
Für uns eine gute Gelegenheit,
nun endgültig zuzuschlagen.

Er lag am Boden, wir traten drauf.
Es war uns ein Vergnügen.
Wir mussten nichts weiter tun als treten.
Wir mussten nicht einmal lügen,

wir waren die Guten, die Gutes tun,
und staatstragend Sorge tragen.
»Ist dieser Mann noch in der Lage?«
Das darf man doch wohl noch fragen!

Der heilige Messias hat
den armen Mann zerfetzt
und hat sich feixend umgeblickt
und auf den Thron gesetzt.

Der heilige Messias aber
war nichts als dünne Luft.
Und ich war, was ich immer war:
der abgebrühte Schuft.

Der Schuft kann zaubern, aber nicht lang.
Man kommt ihm immer dahinter.
Dann jagt man ihn mit Schimpf davon,
hinaus in den kalten Winter.

Und alle klagen: Der junge Kanzler,
er hat sich verführen lassen!
Seht hier, den edlen Einfältigen!
Wie könnt ihr diesen Mann hassen!

Doch irgendwann erkennen auch
die allergrößten Deppen,
dass Luft nichts weiter ist als Luft –
kein Schloss mit goldnen Treppen

hinauf zum Himmel und wieder herunter
mit Trommeln und Fanfaren;
dass hohle Nüsse hohle Nüsse,
nichts anderes sind und waren.

Da wurde der unbeschreibliche,
der unbezwingbare Held
hinab in den Fundus der Partei
zum alten Eisen gestellt.

Dort steht er nun, dort schaut er nun,
ganz wie vor ehedem,
als ich, der Schuft, ihn aufgeweckt
wie Gott den Mensch aus Lehm.

26

Denk ich an Gott, denk ich an Prügel.
Ich kann es gar nicht glauben,
dass er die schönen Tiere und Pflanzen,
die Trauben und die Tauben,

den Büffel und den Mammutbaum,
den Tiger und die Rose,
den groben Tyrannosaurus Rex,
die giftige Herbstzeitlose,

dass er dies alles erschaffen hat,
den Sternenhimmel dazu –
ich kann es wirklich und wahrhaftig
nicht glauben! – Was meinst du?

Und dann hinunter zum Atom,
wo's fast nur Zwischenraum
und kaum etwas zum Sehen gibt
und auch zum Hören kaum.

Und das ist lange nicht das Ende.
Die Reise hört nie auf.
Denn ist er untern angekommen,
gleich schaut der Mensch hinauf

und denkt: Was ist dort oben los?
Warum sitz ich hier unten?
Das Leben spielt, wo ich nicht bin.
Ich hör die kunterbunten

Schalmaien klingen, und ich Narr,
ich bin nicht mitten drin!
Woanders, denkst du, wartet immer
der größere Gewinn.

Hier kriegst du elf, hast zehn gesetzt,
dort hätt's du zwölf gekriegt;
schnell läufst du hin, setzt deine elf –
die Quelle ist versiegt.

Du kamst zu spät zum falschen Ort
und hast einen Haufen verloren.
Du holst dir wissenschaftlichen Rat
bei ehrlichen Professoren,

die, eben weil sie ehrlich sind,
gepfefferte Honorare
für ihre Expertise stellen,
dafür aber wunderbare

Gewinne prophezeien. Sie schwören:
»Die Logik des Marktes verspricht's!«
Du glaubst den Herren und investierst.
Am Ende hast du nichts.

Du gönnst dir ein kurzes Innehalten.
Der Schnaps ist zwar keine Lösung,
das weißt du selber, aber er schützt
vor frühzeitiger Verwesung.

Schon hetzt du weiter, lässt dein Glas,
das volle, lieber stehen,
als dass du an einem halben möchtest
vielleicht vorübergehen –

es könnte ja sein, dass eben dort
das wahre Leben spielt
und nicht mehr gilt, was man bis jetzt
für richtig und wichtig hielt.

Nein, dieses Spiel, das will ich nicht mehr!
Nicht Geld, nicht Politik!
Die Zeit vergeht, das Glück vergeht,
nur nicht der Augenblick.

Der Frühling kam, ich legte mich
ins erste helle Grün
und hörte am Himmel die ersten Stare
zurück in die Heimat zieh'n.

An meine müden Schläfen schmiegt sich
ein warmer Hauch von Süden,
die Amsel flötet von der Antenne,
der Garten liegt im Frieden.

Ich sehe oben am Firmament
den Milan Kreise drehen
und höre sein dünnes Stimmchen; mir ist,
als könnt' ich ihn verstehen.

»Du armes fettes Ding dort unten,
du denkst wohl, ich will was von dir?
Ich könnt' dir die Augen vom Schädel hacken.
Wer weiß, vielleicht schmecken sie mir.

Es ist mir aber zu anstrengend,
ich schlaf schon im Fliegen ein …
Ach, manchmal fänd' ich es besser, statt
ein Milan ein Rabe zu sein,

dann könnte ich nämlich den Milan ärgern …
Ich weiß, ich rede Scheiße …
Du Menschlein, du gefällst mir, hast
viel Zähne, polierte weiße,

die blinken bis herauf zu mir …
sie blenden mich … Ich scheiß,
auf meine blöde Rede … hätt' gern
so Zähne, poliert und weiß …

… wär' gern für, sagen wir, eine Stunde
ein Mensch mit Kopf, so groß …
ich weiß, ich rede nur noch Scheiße
… für eine Stunde bloß …«

So redet der Milan, ein resignierter,
verbitterter Nihilist,
der alles hasst, was er jemals war
und sein wird und was er ist.

Und weiter? War's bereits ein Traum?
So zwischen drinnen war ich –
da steht vor mir eine Art Reporter …
und von dem Reporter erfahr ich,

aus tausend Bewerbern habe mich
die Jury zum Sieger bestimmt.
Man hoffe, dass der Kandidat
den Preis entgegennimmt.

Ich dürfe mir wünschen, was ich will:
ein Urlaub in Italien
ein Flugzeug oder – warum nicht? –
hervorragende Genitalien;

es könnte auch ein Doktortitel
aus Oxford und Cambridge sein
und Sprachenkenntnisse, Englisch und Spanisch
und Griechisch und Latein;

auch höchste Musikalität,
und wenn's beliebt, vier Ohren;
es habe welche gegeben, die wünschten,
sie wären nie geboren.

Er stand in Reporterpose vor mir
und fragte, was mir das bedeute,
dass ich erwählt worden sei, und dass
nun hunderttausend Leute

sehr neidisch und zornig auf mich seien.
»Das irritiert mich sehr«,
war meine Antwort. »Doch waren's nicht tausend?« –
»Minütlich werden es mehr!« –

»Ich dachte, es haben sich tausend Menschen
um diese Gunst beworben?« –
»Bewerbungen laufen immer noch.
Es wird ja dazwischen gestorben …«

Der Mann und sein Mikrofon verwandeln
sich in zwei zünftige Frauen,
die sich von oben über mich beugen
und mir in die Augen schauen,

als wär' ich ein Rätsel. Warum ich denn
so herzzerreißend weine?
»Ich weine nicht, ich träume nur.
Und Wünsche habe ich keine.«

Sie sagten, das Wünschen sei vorbei.
Ab jetzt werde nur noch befohlen.
»Sag, was du sein willst! Deutlich und klar!
Wir werden es nicht wiederholen!«

Ich wand mich und schaute mich um und sah
die Birken, die Eichen, die Buchen
und oben am Himmel den alten Milan
und hörte ihn piepsend fluchen.

»Ich will … ich will … ich will ein Rabe
am freien Himmel sein.
Ich will den Milan dort oben ärgern …
vielleicht doch nicht … lieber nein …« –

»Zu spät. Aus! Schluss! Der Wunsch ist draußen.
Retour gibt's nicht. Erwache!« –
Was meine Stimme gewesen war,
war Krächzen nun und Gekrache.

Ich war ein Rabe – nein, nicht im Traum! –
mit rabenschwarzem Gefieder
und weiten Flügeln und dünnen Beinchen
anstatt der menschlichen Glieder.

27

Es hieß, ich hatt' eine Rabenmama,
die hat's mit jedem getrieben,
die Eier wurden ihr alle gestohlen,
nur meines sei ihr geblieben.

Das hat sie gehätschelt mit ihren Daunen,
ihr letztes Rabenglück –,
doch nur so lange sie mich nicht sah.
Was war ich ein hässliches Stück!

Sie warf mich aus dem Nest hinaus,
dem Marder direkt vors Maul,
der schluckt mich hinunter in seinen Magen,
dort stinkt es verdorben und faul,

dass mir die kleine Kotze kommt –
die kitzelt ihn und sticht,
er spuckt mich mit der großen Kotze
zurück ins Sonnenlicht.

Da lag ich nun im tiefen Graben
und konnte mit Mühe nur schnaufen,
und sah, wie links und rechts die Würmer
sich um meine Erbschaft raufen.

Ach, endet denn nie dieser Kreislaufjammer!
Nicht wollen, doch müssen, nicht wollen
und wieder müssen und wieder wollen,
nicht dürfen, aber sollen …

Der Weltgeist oder wer auch immer,
was hat er sich gedacht,
als er mich arme Kreatur
aus was auch immer gemacht?

Aus Licht? Aus Stein? Aus Pflanze? Tier?
»Hör zu, ich will nicht mehr!
Ich bitt' dich, blas mein Lichtlein aus
und mach mein Köpfchen leer!

Befrei' mich aus deiner beschissenen Welt!«
Da schrie der Weltgeist zurück:
»Du bist bei Gott der letzte Arsch!
Sei froh, du hattest Glück!

Du könntest ein fettes Walross sein,
ein Virus oder der Dreck
von einer Ratte im Kanal,
ein Fadenwurm, ein Zeck!« –

»Und was ist der *Sinn* meines Rabentums?« –
Der gute alte Sinn,
der ist mir rechtzeitig eingefallen.
Der Weltgeist soll denken, ich bin,

wenn schon der letzte Arsch, so doch
ein immerhin kultivierter,
der ohne Sinn nicht scheißen will –
ich hoffte, nun interessiert er

sich mehr für mich, als wenn ich bloß
ein Rabe wär' wie die Massen
von Raben, die auch vom kleinsten Sinn
sich nicht beeindrucken lassen.

Tatsächlich ist er herabgestiegen!
Und wurde würdig empfangen!
Er hat mich auf seine Schulter gesetzt,
wir sind ein Stück gegangen,

und rechts und links des Weges neigten
die Tiere und die Pflanzen
sich vor uns beiden. Die Bienen und
die Wespen begannen zu tanzen,

die Fischlein hüpften aus dem Bach,
die Hirsche röhrten im Wald,
und von den Wipfeln der Tannen sangen
die Zapfen: »Warte nur, bald

wird alle Welt zurückerlöst,
der Mensch zum Tier, das Tier
zur Pflanze, die Pflanze zum Stein, der Stein
zuletzt zum Licht, das ihr

als Strahlenkranz um das edle Haupt
des Weltengeistes seht,
der unverständlicherweise mit dem da
an uns vorübergeht ...«

»Ach, Hoochie-Coochie«, schmunzelt der Geist,
»ich hab' dich schon lange im Blick.
Schon hundertmal hab' ich mir gedacht,
gleich brech' ich ihm das Genick,

dem Sauhund, ich dresche auf ihn drauf,
mit einem Extraschlegel,
der nur erzeugt worden ist, damit
das Fell von diesem Flegel

nicht einen Millimeterfleck
noch hat, der weder grün
noch blau, noch gelb ist und wo nicht
die roten Flären blüh'n.

Und bilde dir nur ja nicht ein,
du seiest der Begründer
des Arschlochismus – nein, du bist
ein ganz normaler Sünder.

Doch andererseits gefällst du mir.
Nur frag' mich nicht warum!
Denn erstens bin ich launisch, zweitens
wohl auch ein bisschen dumm.

Nein, ich genier' mich dafür nicht.
Vor wem sollt' ich mich genieren?
Ich spiele gern mit meinen Sachen.
Ich will sie ausprobieren.

Ich hab' sie erfunden. Wenn sie mir nicht passen,
dann hau' ich sie an die Wand.
Das nennt ihr dann eine Katastrophe.
Es liegt in meiner Hand,

ob du nach einem Zwischenstadium
als Rabe wieder ein Mann
mit Eiern in der Hose wirst
und allem Drum und Dran –

ich schätze doch, das willst du – oder
ob du als Abfall endest.
Es liegt bei mir. Ihr nennt das Gnade.
Gleich, welche Tricks du verwendest,

ich sag's dir gleich: Sie nützen nichts.
Ich hab' mit dir etwas vor.
Dein künftiges Leben bietet dir
zwar relativ wenig Komfort,

es gibt dir aber Gelegenheit,
die Sünden abzubüßen,
die dir von deinem Wirbel bis
hinunter zu den Füßen

aufs ganze Fell tätowiert worden sind.
Damit ist's jetzt vorbei!
Doch wenn ich, angenommen, befehle,
dein Leben soll *flegelfrei*

sein, wäre das, das weiß ich selbst,
ein bisschen übertrieben
und von dem alten Hoochie-Coochie
wär' nicht viel übriggeblieben,

wenn ich das nächste Mal hernieder
von meinem hohen Thron
in eure Jammertäler steige –
das wär' eine Sensation,

und Sensationen gibt es nicht,
nicht auf moralischem Feld.
Du sollst nicht mehr alleine sein
auf meiner *beschissenen Welt*.

Ich möchte, dass du Sorge trägst.
Die Freiheit ist vorbei –
auf dass der Hoochie-Coochie bald
ein freies Menschlein sei!«

Ich habe den Vortrag des Weltengeistes
wortwörtlich wiedergegeben.
Denn wenn ich schon den Weltengeist
in meinem besch … eidenen Leben

im Original darf sprechen hören,
dann spitz' ich bei Gott die Ohren.
Ich schwöre, ich hab' von den weisen Worten
kein einziges Wörtchen verloren.

Dann hat er mich von der Schulter geworfen
und war auch gleich verschwunden.
Und ich hab' mich als Rabentier
im Graben wiedergefunden.

Prüfung

28

Ich weiß nicht, wie ich beginnen soll …
Ich nehm' einen Umweg – Okay?
Ich möchte dir ein Märchen erzählen.
Denn Märchen tun weniger weh.

Es war einmal ein Erdenkind,
das fiel aus dem Nest heraus.
Das Nest aber war kein Häuschen, nein,
das Nest war ein großes Haus –

ein prächtiges Haus mit dreißig Zimmern
und sieben weißen Bädern,
und in der Garage standen Autos,
in Summe mit vierzig Rädern.

Und hinter dem Haus war ein Tennisplatz
mit Tischchen für Koks und Drinks
und Schälchen mit Psychopharmaka
und Tabletts neuerdings,

auf denen Mann und Frau und Kind
viel tausend Bilder von
Gesicht und eigener Haut sehen können,
bevor sie als Publikation

an hunderttausend Laptops und Handys,
gesendet werden, damit
nun auch die Hunderttausend sehen,
wie schön sie sind und wie fit –

was keiner von den Hunderttausend
sich ansehen will, denn jeder
betrachtet nur sein eignes Gesicht
und nur sein eigenes Leder.

Dort hatte das kleine Erdenkind
gelebt bis zum fünften Jahr.
Die Mutter bemerkte als erste, dass
ihr Schatz verschwunden war.

Die Mutter war in dieser Nacht
besoffen wie ein Schwein,
das in ein Weinfass fällt und alles,
was flüssig ist, hinein

in seinen gierigen Rüssel zieht,
damit es im Trockenen steht
und nicht im grausen Sündenpfuhl
der Seele untergeht.

Der Vater hatte bei dieser Party
den Schwanz in jedem Loch,
das eingeladen worden war.
Kaputt und glücklich kroch

er in das bunte Kinderzimmer,
das Zimmer aber war leer.
Da flehte er zum Weltengeist:
»Ich will mein Leben nicht mehr,

wird meiner kleinen Tochter auch nur
ein Härchen krumm gemacht!«
Das hat den Weltengeist beeindruckt,
er hat kurz nachgedacht,

dann hat er in die Luft gepfiffen.
Ein Rabe kam geflogen,
der krächzte und kreiste und setzte sich
auf seinen Ellenbogen.

»Schau, der da«, erklärte der Geist dem Raben,
»der ist ein guter Vater.
Er treibt es gern mit Männern und Frauen
und ist ein rabiater

Befürworter aller Geschlechtlichkeiten
dazwischen und würde nie
zum Afrikaner Neger sagen,
und nie zu den Kühen Vieh

und würde nie sein Kindchen schlagen,
im Gegenteil sogar:
Er streichelt und küsst es überall,
ja, selbst auf die Gefahr,

dass er dann missverstanden wird,
wo er doch nur lieben tut,
wenn's Töchterchen an seiner Seite
in seinem Bettchen ruht.

Die Mutter«, fährt der Weltgeist fort,
dem Raben zu erzählen,
»die säuft und raucht, frisst Pillen, weil
sie Depressionen quälen

und Minderwertigkeitskomplexe,
denn schon im Kindesalter,
hat sie erfahren, dass die Welt
ein ungastlicher, kalter

und ungerechter böser Ort ist.
Als sie ein Mädchen war,
da sei sie vor dem Spiegel gesessen,
sie kämmte sich das Haar,

die Mutter habe sich hinter sie
gestellt und begonnen zu schreien:
›Ich hasse dich, du bist so schön,
das werd' ich dir nie verzeihen!

Ich möchte dich am liebsten ersäufen!‹
Und hat den Spiegel zerschlagen.
Das habe das Kind, die spätere Mutter,
bis heute im Herzen getragen –

deswegen hat sie, was jeder einsieht,
ein Recht auf Depression
und übermäßigen Drogenkonsum,
woran sich die Tochter schon

vor ihrer Geburt gewöhnen musste:
die Wurzel, warum sie
im ersten Monat ihres Lebens
nur schrie, nur schrie, nur schrie.

Das wiederum hat der armen Mutter
den letzten Nerv gezogen.
Und das – noch einmal wiederum –
hat ihren Mann bewogen,

sich auf die oben beschriebene Weise
um ihr gemeinsames Kind
zu kümmern, weil sie schließlich und endlich
– eine Familie sind.«

So sprach der Weltengeist zum Raben.
»Ich will es lachen sehen.
Es soll keine traurigen Augen haben,
es soll gerade stehen.

Ein schönes Jahr lang soll dieses Kind
in deiner Obhut sein.
Ich sag's: Es ist dein Probejahr.
Dann will ich dich befrei'n.«

»Wovon befreien?«, krächzte ich.
»Dass ich kein Tier mehr bin
und endlich wieder in Hose und Hemd …«
Da war der Geist dahin.

29

Der Rabe flog nach weit hoch oben
und kreiste über dem Land
und guckte auf Wälder und Städte hinunter,
bis er das Mädchen fand.

Er sah es vor einem Häuschen sitzen,
die Stirn der Sonne zu,
ein dünnes Kleid um seine Schultern
und lippenrote Schuh'.

Da ließ er sich auf einem Ast
des Ahornbaumes nieder,
der zwischen Häuschen und Straße wuchs,
umgeben von lila Flieder

und feistem, feuchtem, hohem Gras,
dazwischen Löwenzahn.
Von Westen über die Felder drang
das Rauschen der Autobahn.

Er harrte aus, was wohl geschähe.
Ein Skoda – das Fernlicht blinkte,
die Hupe hupte –, kam auf der Straße
daher, das Mädchen winkte

mit seinen Fingern, stand auf, stand starr.
Zwei Männer stiegen aus,
sie nahmen das Kind an beiden Händen
und führten es in das Haus.

Der Rabe glitt vom Ast und hockte
sich auf das Fensterbrett
und lugte hinein und sah inmitten
des Zimmers ein breites Bett

und sah die beiden Männer, wie sie
sich an das Kindchen machten –
ein Sturm brach los mit Flügelschlag
die Fensterscheiben krachten,

der große schwarze Vogel sprang
den Männern ins Gesicht
und hackte ihnen die Augen aus
und löschte ihnen das Licht.

Das kleine Mädchen sagte nichts,
es schaute vor sich hin,
als wäre es ganz anderswo.
Die gute Sonne schien

durchs Fenster auf das blonde Haar,
das schimmerte wie Gold.
Es war mit Goldlack angesprüht,
die Kundschaft hat's gewollt.

Der Rabe setzte sich neben das Kind,
sehr lange saßen sie da.
Er sagte: »Ich heiße Hoochie-Coochie.« –
»Und ich bin die Annika.«

»Willst, Annika, du mit mir geh'n?« –
»Wohin?« – »Ich werde dich führen.
Im Sommer werd' ich dir Schatten geben,
im Winter den Ofen schüren;

auf deinen Teller will ich häufen
Zitronen- und Himbeereis
als Vorspeise und als Hauptmenü
Kartoffelpüree mit Reis;

dein Kleid will ich in den Wolken waschen,
der Föhnwind soll es bügeln;
und wer dir Böses tut, den werden
der Blitz und der Donner prügeln,

und Regen und Hagel werden ihn peitschen,
die Felsen werden ihn wetzen,
die Kiesel ihn kratzen, die Dornen ihn krallen,
die Stürme zu Tode hetzen.

Zum Schlaf will ich dir ein Liedchen singen
aus meinem rauen Rachen.
Ich werde alles für dich tun –
nur einmal sollst du lachen.«

Sie setzten sich draußen ins feuchte Gras.
»Ich wünsche mir ein Lied.« –
»Ein trauriges Lied? Ein lustiges Lied?« –
»Ich bitt' eins, das niemand sieht.« –

»Wer«, sagte der Rabe, »sollte ein Lied,
das ich für dich singe, sehen?« –
»Bitt', sing es nahe bei meinem Ohr,
dann kann dem Lied nichts geschehen.«

Da hustete sich der Rabe die Kehle
von aller Rauheit frei
und sang, als säße er über dem Rhein
und wär' die Lorelei:

Ich möchte wissen, was es bedeutet,
wenn Kinder traurig sind
und eine Wolke zu einem Gesicht
sich wandelt, bevor sie zerrinnt.

Ich möchte wissen, durch wie viele Wälder
ein Kind erst laufen muss,
bevor es weiß, was ein Schlangenbiss ist
und was ein zärtlicher Kuss.

Ich möchte wissen, wo sich die Sterne
im Sonnenaufgang verstecken.
Im Himmel gibt es keinen Keller
und keine dunklen Ecken.

Ich möchte wissen, wie viele Zähne
der Haifisch im Maul zerbeißt,
bevor ein tapferer Ritter kommt
und ihm das Maul zerrreißt.

Nein, so ein trauriges Lied hat der Rabe
in dieser Nacht nicht gesungen.
Er sang sein allerlustigstes Lied,
es hat aber traurig geklungen.

Sie lachte nicht. Sie weinte nicht.
Sie hat es nie gekonnt.
Der Rabe hob sie auf, sie flogen
weit über den Horizont.

30

Es kommt mir selber seltsam vor,
was ich da geflötet habe.
So säuselt vielleicht die Nachtigall,
doch niemals nie ein Rabe.

Ich will mich für den süßen Anfall
von Mitleid, Güte und Trauer
nicht schämen müssen. Mein einsames Herz
schlug hinter einer Mauer,

so mächtig wie die chinesische,
aus Marmorstein und Eisen,
ich schwöre, ich wünschte mir nichts so sehr,
als selbst mir zu beweisen,

dass ich ein übler Schurke bin
mit Tränen nur zum Schmieren
der Äpfel, nicht zum Heulen, ich wollte
am Hintern mir plakatieren:

Seht her, hier scheißt sich einer nichts!
Er hat die Schule des Bösen
mit Auszeichnung bestanden. Er kann
auf Bösisch schreiben und lesen;

ihn haut kein Elend jemals um,
Granit dagegen ist weich
wie ein gekochtes Hühnerei,
kein Teufel ist ihm gleich.

Und dann … dann steht dieses Kind vor mir,
das ebenfalls keine Tränen
zu irgendwelcher Verfügung hat.
Dies Kind gehört zu den Spänen,

die fallen, wenn gehobelt wird.
Ich brauchte den Weltgeist nicht,
damit er mir die Aufgabe stellt,
ich soll vor dem Weltgericht

die Sache der kleinen Annika
als Advokat vertreten.
Ich tat's auf meine Weise, ohne
zu bitten, zu fluchen, zu beten.

Und meine Weise, zusammengefasst
in einem Begriff, heißt: Rache.
Du sagst jetzt: »Tu nicht so, die Rache
war immer schon deine Sache;

du hast dich als Rächer aufgeführt,
da hast du noch gar nicht gewusst,
wofür und wen es zu rächen gilt;
du tust aus purer Lust

verdreschen, stechen, treten, beißen
und nennst es dann halt Rache,
weil's besser klingt. Nenn's Hass! Er war
schon immer deine Sache.«

Ich bin, das weiß ich inzwischen, nicht hier,
die Bösen zu bekehren,
auch nicht, sie über das Wahre und Gute
und Schöne zu belehren.

Es gibt sie nicht, die Kraft, die stets
das Böse will und stets
das Gute schafft. Dem Geist, der stets
verneint – bei Gott! –, dem geht's

hervorragend – und zwar so lange,
bis einer ihn so fest schlägt,
dass er statt parfümierter Haut
am Leib nur Fetzen trägt.

Und so ein Fetzenschläger war ich.
Ich habe sie alle gehauen.
Schau weg, hör weg! Ich denke, du willst
hier weder hören noch schauen.

31

Obwohl der Anblick der Herren und Damen
recht spaßig gewesen war,
als sie mit abgezogener Haut
und kunstvoll skalpiertem Haar

im Hof und in der Halle lagen,
hat Kindchen doch nicht gelacht.
Es schritt an den Gestrandeten
vorbei und streifte sacht

mit seinen Fingerspitzen über
die Münder und die Hände,
die sie gequält und beleidigt hatten
und ging sie ab bis zum Ende,

nicht einen ließ sie aus, nicht eine,
sie sprach ihr »Guten Tag«,
und als sie sah, dass der Ring der Mutter
am Fliesenboden lag,

da bückte sie sich und hob ihn auf
und steckte ihn sich an den Daumen.
Noch waren die Tische üppig gedeckt,
Fasan, gefüllt mit Pflaumen,

und Kaviar und Erdbeerschaum
und Teller mit seltenen Nüssen.
Von allem nahm sie ein winziges Stück
und aß, als täte sie küssen.

Das sah sehr drollig aus, und ich lachte –
soweit das ein Rabe kann.
Sie aß und küsste und streichelt' auch mich
und sah mich lange an.

Am Fenster krochen Käfer entlang,
die Vorhänge bauschte der Wind,
und draußen fuhr ein Motorrad vorbei,
und drinnen stand das Kind.

Ein Spanier hat das Motorrad gefahren,
der war weit weg von Daheim,
er hatte seine Familie verlassen,
kein Abschied und geheim.

Zwölf Stunden war er schon gefahren,
er konnte bald nicht mehr.
Er war auf dem Weg zu seiner Geliebten,
die liebte er so sehr.

Wer kennt die Geschichte, wer kennt den Mann?
Ob alles nur Worte sind?
Ich weiß nur, er fuhr am Haus vorbei,
und drinnen lag das Kind.

Die Welt zerkrachte – rumpel-di-pumbel! –,
die Annika und der Rabe …
»Ich nimm' dich auf den Baum, wo ich
ein Nest errichtet habe,

ein Nest mit Daunen ausgestopft,
belegt mit zarten Matten
aus Moos geleimt mit Nektarsaft.
Mein Flügel gibt dir Schatten

im Sommer, wenn zur Mittagszeit
im Laub kein Laut erklingt,
und gibt dir Wärme, wenn im Winter
der Wind sein Nordlied singt.

Wir trotzen Schnee und Sonnenglut
und Stürmen und werden mitten
in letzter Verzweiflung mit letztem Schrei
den Wolf um Obdach bitten.

Und sollte uns auf dieser Welt
kein Plätzchen mehr gefallen,
dann breit' ich meine Flügel aus
und fass' mit meinen Krallen

den Ast und werde Nest und Baum
aus dieser Erde rupfen,
wenn nicht sogar die ganze Erde
mir auf den Buckel lupfen

und weit hinaus ins Weltall tragen,
auch wenn wir dort erfrieren,
was tausendmal viel schöner ist,
als wenn wir uns verlieren …«

32

Ich hoffte, der liebe Weltgeist hat
mein kleines Lullaby
gehört und war gerührt davon
und fand es »flegelfrei«,

so dass er endlich ein Einsehen habe
und mich zurückversetzt
vom Rabentum ins Menschentum,
nicht irgendwann, sondern jetzt.

Und eines Nachts, das Mädchen schlief
im Rabennest am Baum,
noch war er nicht vom Köpfchen geweht,
der zarte Kinderflaum,

da schwebte, ich meinte aus dem Mond,
tatsächlich der Weltgeist hernieder
und riss mir den Schnabel aus dem Kopf
und füllte die dürren Glieder,

und rupfte mir die Federn aus
und formte zu Armen und Händen
die stolzen Flügel, und ohne Nadel
und Faden zu verwenden,

verwandelte er das Rabengesicht
in meine alten Züge,
auf dass ich endlich, endlich wieder
ein menschliches Antlitz kriege.

»Mein Hoochie-Coochie«, sprach er, »lass
»uns Rück- und Vorschau halten.
Was gut war und was schlecht war, und
wie soll sich die Zukunft gestalten …

Du hattest Feuer unter dem Arsch,
du hast den Hass entfacht.
Doch Hass allein reicht leider nicht aus –
das Kind hat nicht gelacht.

Du hast dich bemüht, ganz ohne Zweifel,
drum kriegst du ein Probejahr –
als Mensch sozusagen. Rabe und Kind
sind kein exemplarisches Paar,

soll nachgewiesen werden, dass
sich jemand bessern kann,
wenn ihm ein Auftrag gegeben wird.
Nun bist du wieder ein Mann,

nun sei auch ein Vater! Zeig, was du kannst!
Der Auftrag ist bekannt:
Das Kind soll lachen! Ob schallend, ob kichernd,
ob vornehm, ob elegant,

ob schäbig oder schadenfroh,
hier geht es nicht um Moral:
Das Kind soll lachen – warum und worüber,
das ist mir scheißegal.

Willst du ein guter Vater sein,
dann sei's für ein ganzes Leben.
Dann bist du nicht mehr ein schwarzes Tier!
Dann wird dir alles vergeben.«

»Was wird mir *vergeben*?«, frage ich.
»Was ist so schlecht an mir?« –
»Es ist eine Floskel«, sagt er, »in des
katholischen Gottes Manier.

In anderen Worten: Dann bist du wurscht
und keiner kümmert sich
um dich. Du hast ein ruhiges Leben,
zumindest öffentlich …«

33

Ich bin also eine Art von Vater
geworden; vielleicht nicht der beste,
ich schätze, so la-la wie alle,
vom Hoochie-Coochie nur Reste.

Der wilde Mann in mir illustrierte
den Bilderbogen im Traum,
er führte mich nachts in die Hitze der Wüste –
ansonsten störte er kaum.

Ich hab' mich bemüht. Die Annika,
sie war mein Sorgenkind.
Ich wiegte sie und sang, dass wir beide
die Rumpeldipumpel sind –

das ist ein privater Joke von uns beiden –,
da hat ihr Mund gejuckt.
Sie sei die Rumpel und ich der Pumpel.
Die Äuglein haben gezuckt.

Ich hab' mich bemüht, hab' Hemd und Hose
gewechselt vor der Zeit,
die Nachbarn habe ich höflich gegrüßt,
ich mied jene Flüssigkeit

mit hohen Prozenten, bei der sich der Mensch
verblödet fühlt, aber wohl.
Sogar das Wort habe ich gemieden.
Ich sagte nicht: »Alkohol«,

ich sagte »jene Flüssigkeit«.
Ich wollte simpel und gütig
der Welt erscheinen um mich her,
bigott und edelmütig.

Ich habe die kleine Annika
persönlich zur Schule gebracht
und habe jeden Tag gekocht.
Nicht einmal hat sie gelacht.

Im Zug von Wien nach München hab' ich
die albernsten Späße gemacht,
die Fahrgäste haben sich gekugelt.
Nur sie hat nicht gelacht.

Wir haben uns Trickfilme angeschaut,
und das die ganze Nacht,
Die Simpsons und *Das Dschungelbuch*,
Sie hat nicht einmal gelacht.

Mit Absicht rutschte ich aus und gleich
auf zwei Bananenschalen –
sie konnte ebenso wenig lachen
wie bei den anderen Malen.

Sie war ein liebes, braves Kind,
sie tat sich gut im Lernen.
In Sommernächten schauten wir
hinauf zu den prächtigen Sternen,

ein Abenteuer war die Welt,
wir waren ihr Publikum,
allein wir beide, sie und ich,
und alles war Oper ringsum.

Wir legten uns am Rand der Stadt
in eine Blumenwiese,
und ich erklärte ihr den Himmel:
Was ist ein Roter Riese?

Was ist ein Brauner Zwerg? Was sind
Pulsare und Quasare?
Was ist ein Schwarzes Loch? – »Wie heißt
das Band, das sonderbare«,

so fragte die kleine Astronomin,
»das aussieht, als hätte ein Vieh
quer über den weiten Himmel gebrunzt?« –
»Das ist unsre Galaxie.« –

»Und warum leuchtet der Mond so hell?« –
»Er borgt sich das Sonnenlicht.
Von dem gibt's genug, die Erde, der Mond,
die leuchten von selber nicht.« –

»Und sag, woraus ist die Sonne gemacht?« –
»Aus Feuer wie die Sterne.« –
»Die tausend schönen Sterne auch?
Auch die in weiter Ferne?« –

»Gut, dass sie in weiter Ferne sind,
sonst würden wir verbrennen.« –
»Ich würd' gern«, seufzte sie, »einen Stern
ganz aus der Nähe kennen.« –

Wir saßen nahe beieinander.
Ich ritzte ein Zündholz an
und sagte: »Die kleine Flamme kann,
fast, was die Sonne kann.

Sie leuchtet und wärmt und sieht lustig aus.« –
»Sie ist nur leider klein«,
bedauerte mein kleiner Schatz,
»kann sie nicht größer sein?«

Wir häuften Holz und trockenes Gras
zu einem Lagerfeuer.
Hoch oben die Sterne, unten wir:
Das war unser Abenteuer,

und wie der Atheist in der Hölle,
so haben wir gestaunt.
Die Ewigkeit war über uns,
hat Ewiges geraunt,

wir haben zugehört und geschwiegen
und haben nachgedacht –
und wieder hat die Annika
kein einziges Mal gelacht.

»Schau, Annika«, flüsterte ich und zeigte
hinauf in den schwarzen Himmel
Dort schwebten Weltgeist und lieber Gott,
die beiden großen Lümmel,

und blickten herab und grinsten sich eins.
Die Annika sagte: »Ich seh' nix.«
Ich streichelte ihr schönes Köpfchen.
»Vergiss es«, sagt' ich, »'s ist eh nix.«

Spät in der Nacht am Küchentisch
erzählte sie mir einen Witz:
»Es war einmal ein armer Mann,
der hat' in der Hose ein' Schlitz,

da konnte man die Haut drunter sehn,
und dort war auch ein Schlitz,
dort konnte man den Knochen sehn,
das ist der ganze Witz.«

Wenn du nicht lachst, dann liegt es an mir,
ich hab' ihn schlecht erzählt.
Es kommt nicht auf den Inhalt an;
der Tonfall, den man wählt,

der ist, wie der, der ihn erzählt … –
So saßen wir am Tisch,
ich trank ein Bier, wir teilten uns
Oliven und Dosenfisch.

Ich sah sie an und hab' mir gedacht:
Nicht einer wird dir im Leben
auch nur das Kleinste zuleide tun,
den wird es danach nicht mehr geben!

Und wenn einer auch nur dasteht und schaut,
wie einer dir wehe tut,
dann bitt' ich den Weltgeist, wer immer er sei,
um seine böseste Wut …

Doch jetzt wird erstmal zu Abend gegessen!
Wir kennen keine Diät,
bei uns passt Schokolade zu Käse,
und Schweres gibt's auch noch spät.

Da fragte sie mich: »Was glaubst du, kann
aus mir irgendwann einmal werden?«
Ich sagte: »Mein Racker, kauf dir Zünder,
mach Feuer nicht nur in Herden,

mach Feuer unter jedem Arsch
und nimm den, der dich liebt,
es muss ja nicht nur einer sein,
wenn's noch ein paar andere gibt.

Und scher' dich nicht um Öffentlichkeit,
die kann dir nichts befehlen.
Was öffentlich ist, macht niemanden satt,
die Köpfe nicht und die Seelen.«

Dann schliefen wir den Schlaf der Gerechten,
wie's in der Bibel heißt –
auf die der Meine wie auf den Koran
und auf das Gesetzbuch sch …

34

Das »öffentlich« ist ein komisches Wort:
zwei Augen über dem O,
dann Kreuze mit Haken obendrauf,
dann Zeichen auf kleinem Niveau,

gefolgt von zwei spitzen Konsonanten,
am Ende ein schüchternes »-ich«.
Was soll man von dieser Vokabel halten?
Sie dauert und schaudert mich.

Das »Ich« am Ende weiß wohl nicht,
was auf seine sachten, schwachen
drei Buchstaben drückt, bis diese mit
Karacho zusammenkrachen

und sich zum verhexten »Wir« verformen,
zur Doppelaxt, dem Dorn
mit einem Aug', zuletzt dem Haken:
der wortgewordene Zorn.

Wobei: Wird »Wir« zart ausgesprochen,
verhalten wie nebenbei,
dann kann es so tun, als ob es ein
ganz harmloses Wörtlein sei.

Doch lange lässt sich dieses Image
der Welt nicht präsentieren;
das »Wir« ist wie das Schießgewehr:
Es will sich munitionieren.

Das wirkungsvollste Pulver ist
der gute alte Sinn;
der Sinn, der über allem kreist,
der sagt mir, wer ich bin.

Als ich ein Kind war, war der Sinn
ein luftiges, duftendes Ding,
das ich mit dem feinen Netz meiner Worte
wie einen Schmetterling fing,

und ohne ihn begreifen zu wollen,
zurück in den Himmel blies,
wo er sich wie Löwenzahnsamen vom Wind
ins Weite treiben ließ.

Wenn Sinn und Wir zusammenstoßen,
dann ist der Spaß vorbei.
Am Ende schafft nur die Statistik
die Leichenzählerei.

Der Sinn allein aber nützt euch nichts.
Er hat keine scharfen Klingen,
mit denen du Hälse durchschneiden kannst,
und auch keine haltbaren Schlingen,

an denen du Hälse aufhängen kannst,
und auch keine Projektile
die du durch Köpfe jagen kannst,
als wären's am Schießstand die Ziele.

Ihr habt eure Fäuste und Stiefel zum Treten
und Baseballschläger zum Hauen
und Pflastersteine, Molotowcocktails
und Becher voll Gift für die Frauen.

Dies heilige Syndikat ergibt
ein heiliges Theater.
Regie führt bei dem heiligen Stück
der einzige himmlische Vater.

Wobei die Frage buchstäblich brennt:
Wer ist der einzige *echte*?
Ist's der da, der da oder der?
Entscheiden tun das die Knechte

von dem da, dem da oder dem;
sie tun es mit Zähnen und Tritten,
mit Handgranaten und Panzerfäusten,
beschnitten und unbeschnitten,

sie schreien, der ihre sei der Größte,
sie schreien es auf den Gassen –
und wieder macht es so viel Freude:
zu hassen, zu hassen, zu hassen!

Und alles offen und öffentlich!
Wo's ja um Ehre geht!
Um Weltanschauung und Respekt!
Um Opfer und Gebet!

Ein guter Witz, ein guter Witz –
der könnte uns erlösen!
Das Lachen spornt die Guten an,
nur leider auch die Bösen.

Für einen guten Witz hätt' ich
den Kanzler umgebracht
und zwei Minister, nur damit
die Annika einmal lacht.

35

Die Annika hat sich ins Feuer verliebt.
Da stand in ihrer Klasse
ein netter Papierkorb, voll mit Papier,
sie dachte sich, den lasse

ich in der Pause lustig brennen.
Das war bald nach Weihnachten,
Ich hatte ihr Zündhölzer geschenkt.
Sie solle darauf achten –

das hatte ich *nicht* dazugesagt.
Ich hielt es nicht für wichtig.
Das Feuer verschenken, zugleich davor warnen,
vielleicht wär' das ja richtig,

zugleich aber wär's ein deutliches Zeichen
von Arschlochhaftigkeit.
Im Klassenzimmer hat's gebrannt
und draußen hat's geschneit.

Was für ein Schauspiel! Meine Güte!
So prächtig rot und weiß!
Seht nur, das Weiße still und kalt,
das Rote laut und heiß!

Die Feuerwehr kam angerauscht
und hat die Schule gerettet.
Ich hätte, wenn ich ehrlich bin,
aufs Gegenteil gewettet.

Es gab eine Untersuchung, und
auf Annika fiel der Verdacht.
Der Grund sei, teilt mir ihr Lehrer mit,
das Kind habe laut gelacht.

»Die Annika hat gelacht!«, ruf' ich aus,
ganz außer mir vor Freude.
Die Freude ist so superlativ,
dass ich mich fast selbst drum beneide.

»Die Annika hat wirklich gelacht?« –
»Was ist daran so komisch?«
Der Lehrer blickt mich an, ich seh',
im Sinn von physiognomisch

ist dieser Mensch eine Katastrophe,
der fleischgewordene Grimm.
»Hat sie gezündelt«, nuschelt er,
»dann ist die Sache schlimm,

dann kostet das einige Tausend, mein Herr,
das sag' ich Ihnen schon!« –
Ich jubiliere: »Sie hat gelacht!
Da zahl' ich eine Million!«

Zum ersten Mal hat sie gelacht!
Das muss ich sofort rapportieren!
»He!«, ruf' ich. »Weltgeist, ich bin's, ein's
von deinen schwarzen Tieren!

Ich hab's geschafft, sie hat gelacht!
Jetzt kannst du mich erlösen!
Jetzt ist es fix: Ab heute bin
ich keiner von den Bösen.«

Ein bisschen Lob wär' angebracht,
zumindest nach meinem Geschmack …
Kein Blick, kein Wort, kein Zeichen, kein nichts –
der alte, miese Sack!

36

Die Annika und der Hoochie-Coochie
verwalten die Demokratie:
sind gleich und frei und brüderlich.
Sie liebt ihn, er liebt sie.

Der Hoochie-Coochie, die Annika
zieh'n mit den Tagen dahin,
sie brauchen uns eine Zeitlang nicht –
er liebt sie, sie liebt ihn.

Die beiden haben sich schlafen gelegt.
Bevor der Morgen sie weckt,
stell' ich mich vor: Mein Name ist:
M. K., the Inkoreckt.

Wer ist das, der – in Hoochies Worten –
gar so beschissen heißt?
Nicht Gott, um Gotteswillen, nein!
Ich bin: der Weltengeist –

der Geist, der diese kleine Welt
erschafft, indem er singt.
Der Hoochie-Coochie weiß das nicht,
drum sag's ihm nicht. Es bringt

die Welt nur durcheinander, wenn
sie auseinander fällt
und jeder auf der Welt erkennt,
was sie zusammenhält.

Er soll ruhig denken, der alte Sack
weiß nicht, was Sitte ist;
ist so gesehen nichts andres als ich:
ein mieser Arschlochist.

Das Probejahr? Mein Gott, geschenkt!
Ich sag', er hat's geschafft.
Die Annika hat ihm Ezzes gegeben
und Kraft und Leidenschaft.

Wie wär's mit einem Zwischenspiel?
Wir sind ja bald am Ende.
Ich schlüpf' ins Kostüm, sprüh' Pitralon
auf Wangen und auf Hände

und mime den flotten Entertainer
und kündige hiermit an:
»Die nächste Nummer trägt den Titel:
Ballade vom feigen Mann.«

(Denn eine Rechnung ist noch offen,
ein Auftrag sozusagen –
den hat der Hoochie-Coochie Man
dem Weltgeist aufgetragen.)

»Mit neunzehn Jahren war Frank auf seinem
Motorrad nach Spanien gefahren.
Der große Diktator war gestorben.
Von überallher in Scharen

kam angereist der Menschenschlag,
der Freiheit lieber mag
als klares Wasser und Pommes frites
und Kirschen jeden Tag;

der Menschenschlag kam angereist,
um jenen zu gratulieren,
die ebenso die Freiheit lieben
wie er, und um zu studieren,

wie das so ist, wenn so viele Helden
die *Internationale*
aus vollsten Kehlen singen und grölen
und das gleich mehrere Male.

Und er, der Frank, war mit dabei.
Da hat er sich verliebt
in eine heiße Spanierin,
und diese Spanierin gibt

im Bett das ganze Freiheitsprogramm.
Er will nie mehr nach Berlin.
Er schreibt einen knappen Brief nach Hause,
er werde nach Spanien zieh'n.

Das tut er auch. Er und die Nuri,
so heißt die Spanierin,
sie heiraten noch in derselben Woche –
Ade, leb wohl, Berlin!

Gut dreißig Jahre dauert die Ehe.
Sie ist Politikerin,
er kümmert sich um die beiden Kinder –
und sehnt sich nach Berlin.

Ach, wär' ich, denkt er, wär' ich nur
in Wilmersdorf geblieben
im kühlen Häuserblock in der
Fasenenstraße 7!

Hier kann er mit niemandem richtig reden!
Und misstrauisch ist er geworden!
Er kann kaum spanisch, er hasst den Süden,
die anderen hassen den Norden.

Und dann die Kinder – sie sprechen so laut,
dass einem die Ohren dröhnen.
Die spanischen Kinder kuscheln nicht,
daran muss man sich gewöhnen.

Ihn kennt keine Sau. Dafür seine Frau.
Die kennt fast jeder hier.
Wenn sie zusammen ausgehen, dann
ist er der Mann vor ihr.

Berlin, Berlin, dort will er hin!
Dort war er ein Jemand mit Namen!
War gar nicht so schlecht angekommen
bei den Berliner Damen.

Hier kennt ihn nicht ein Mensch – ninguno!
Ein Hausmann hat keine Kollegen.
Dazu kommt ein Himalaya an Schulden,
er kann kaum schlafen deswegen.

Die spanische Freiheit? Du meine Güte!
Die liegt bei Herrn Franco im Grab.
Nicht mein Problem, mir würde es reichen,
wenn ich die meine hab'.

Da lernt er im Sommer ein Fräulein kennen,
und siehe: Die kommt aus Berlin!
Verknallung aus dem Stand am Strand!
Der Frank beschließt zu flieh'n –

zu fliehen vor seiner Sch...Familie!
Er richtet seine Maschine
und bricht am frühesten Morgen auf,
storniert alle seine Termine.

Am Abend fährt er irgendwo
an einem Häuschen vorbei.
Dort sieht er einen Skoda stehen,
erst denkt er sich nichts dabei,

dann dreht er um und schaut durchs Fenster,
beobachtet drinnen zwei Herren,
dazwischen ein nacktes Kind, das schreit
und strampelt und schreit, da sperren

die Herren die Türen zu und drücken
den Mund des Kindes zu
und reißen das Kind an den goldenen Haaren,
und endlich gibt es Ruh.

Das hat der verknallte Frank gesehen.
Er hat aber nichts gemacht.
Es kam ihm nämlich auf einmal vor,
als hätte das Kind gelacht.

Ja, wenn es gelacht hat, denkt er sich,
dann ist das hier eh ziemlich heiter.
Er schwingt sich auf seine Honda drauf
und fährt mit Tempo weiter –

mit großem Tempo, er hat es eilig,
und dann im Morgenrot
ist Öl auf der Fahrbahn, er rutscht aus
und ist auf der Stelle tot.«

Das war *Die Ballade vom feigen Mann.*
Ich hoffe, sie hat gefallen.
Sie soll eine triftige Warnung sein –
so wird sie verstanden, von allen.

Nun schauen wir: Wie geht's unsren beiden?
Ich sehe, es geht ihnen gut.
So soll es ihnen weiter gehen!
Adieu, ich nehm' meinen Hut.

37

Und hier ist wieder der Hoochie-Coochie,
gekämmt und ausgeschlafen,
wie sich's gehört für den Bio- und
den Autobiografen.

Ein Dank dem freundlichen Entertainer!
Ich habe ihn gebeten,
für zwanzig Strophen einzuspringen.
Er hat mich gut vertreten.

Nun aber weiter in unserem Plot.
Das folgende Kapitel
soll ebenfalls eine Ballade sein.
Sie trägt den schlichten Titel:

Das Lied von der großen Zündlerin.
Ein Stück in kräftigem Dur.
Darin wird von Annikas Taten erzählt.
Und ich bin ihr Troubadour.

Die Annika hatte den besten Lehrer
im Fachbereich Pyromanie.
Im Alter von fünfzehn Jahren bereits
berichteten über sie

die Zeitungen des ganzen Landes
und Rundfunk und TV
auf Headlines und in Sondersendungen
um acht nach der Tagesschau.

Sie hat das Kraftwerk vor der Stadt
in lustigen Brand gesteckt.
Wer war das? Die Medien rätseln sich krumm.
Und was hat der Täter bezweckt?

War's ein politisches Attentat?
War's etwas Religiöses?
War's etwas, das behauptet, es sei
ein Gutes und nicht ein Böses?

Vielleicht will der Täter oder die -in
auf etwas aufmerksam machen?
Damit die Bürger und die -innen
aus ihrem Schlaf erwachen?

Weil, ohne dass ein Kraftwerk brennt
die Unterdrückten der Welt
nicht jene Gerechtigkeit erfahren,
die ihren Vertretern gefällt?

Dabei war das einzige Motiv
der Annika: das Feuer –
das schöne gelbe und rote Feuer,
dies prächtige Ungeheuer,

das unser Universum beherrscht
vom Kleinsten bis zum Größten.
Die Flammen können die Nacht erhellen,
sie können den Teenager trösten;

und immer sind sie gleich, und doch
zugleich sind sie verschieden;
sie sind einerseits Symbol für den Krieg
und andererseits für den Frieden.

Es hat der Annika genügt
den hellen Himmel zu sehen.
Sie hat es gemocht, um den Brandherd herum
ein bisschen spazieren zu gehen

und in ihrem Rücken und auf ihrer Brust
den heißen Wind zu fühlen,
den fauchenden gierigen Hauch der Hölle,
und rundherum die vielen,

besorgten Bürger zu sehen, die Münder
vor Sorge aufgerissen;
die Frauen der Angestellten des Kraftwerks,
die ihre Männer vermissen,

bereiten sich auf das Schlimmste vor;
im Seitenflügel krachen
die Balken vom Dachstuhr, es sprühen die Funken,
wie aus dem Maul eines Drachen,

verteidigen sich und greifen an
und kämpfen gegen das Wasser;
die Eigentümer des Kraftwerks werden
von Stunde zu Stunde blasser … –

das hat der Annika gut getan,
das hat ihr gut getan.
Noch einmal ging sie eine Runde,
dann nahm sie die Straßenbahn

kam bald nach Hause, hat glücklich geseufzt
und hat sich schlafen gelegt
und sich einen Scheiß darum gekümmert,
was alle so aufgeregt

hat, dass das Parlament zusammen-
gerufen wurde, um
in stundenlangen Sitzungen
vor panischem Publikum

zu diskutieren, ob der Terror
das Land ergriffen hat.
Die Annika schlief zufrieden, und drau-
ßen randalierte die Stadt.

(In Klammern: Bei solchen Vaterfreuden,
da kann es passieren, dass
das Metrum außer Kontrolle gerät.
Ach, gönn' mir den kleinen Spaß!)

So wuchs sie heran, hat Matura bestanden,
mit Note: fabelhaft,
und hat auf Anhieb in Medizin
die Aufnahmeprüfung geschafft –

was zugegeben nur möglich war,
weil sie dem Rektor erklärte,
sie werde sonst sein Haus abfackeln
worauf er diese gewährte.

Sie hat es dann aber trotzdem getan,
ein Ökohaus aus Holz –
mit einem einzigen Streichholz nur!
Auch Zündler besitzen Stolz!

Sie ist eine gute Ärztin geworden,
auf Brandwunden spezialisiert,
und wohnt inzwischen draußen am Land,
ist mit einem Anwalt liiert ...

Schön, wenn sie mich besucht, und wir
am Abend beisammensitzen!
So schön! Dann bombardieren wir
uns gegenseitig mit Witzen.

»Sie! Haben Sie einen Furz gelassen?«
Das fragt der Jim den Joe.
»Ja, selbstverständlich! Denken Sie
ich stinke immer so?«

Der war von mir. Na ja, ich weiß,
es ist einer von den alten.
Die Annika kennt bessere,
ich kann sie nur nicht behalten.

Wir telefonieren oft miteinander.
Ich bin zufrieden mit ihr
und darf gewiss sein, umgekehrt:
Sie ist zufrieden mit mir.

Und wenn sie in die Stadt kommt, schaut sie
vorbei und sagt: »Hallo!«
Und wenn sie geht, drauf kannst du wetten,
dann brennt es irgendwo.

Alter

38

Nun bin ich alt und weiß geworden!
Verdrehte achtzig Jahr' –
verdreht, weil ich der Gleiche wie
zu meinem Anfang war.

In meinem Kopf – im heiligen Kopf,
des Menschen Heiligtum! –
dort geh' ich als mein eigenes
Gespenst im Düsteren um.

Dort bin ich der Hoochie-Coochie Man!
Dort singe ich den Blues!
Die Sonne hat mir die Haut verbrannt,
nun ist sie bleich wie Ruß.

Wer wagt es, auf mich zu zeigen, ich sei
ein weißer alter Mann,
dem jeder junge schwarze in
die Goschen hauen kann?

Ich warte. – Keiner meldet sich?
Scheißt *wieder* ihr euch in die Hosen?
Ich bin der Rächer der Lebensmüden,
Vergelter der Hoffnungslosen,

der Tröster der trüben Depressiven,
Verteidiger der Fatalen,
der Satan aller Gefallenen
und aller ihrer Rivalen,

der Achtungsrufer der Unsichtbaren,
die weder *auf*- noch *ge*fallen –
denn selber bin ich und war ich immer
einer von denen allen,

die einmal nur sich ihre Wünsche
erfüllen wollen, ohne
von eurer beschissenen Polizei
mit Knüppel und Patrone

daran gehindert zu werden, endlich
zu leben, wie's auf der Haut
und unter der Haut verteufelt brennt –
wovor's euch so sehr graut,

dass ihr, bis in die Wörtlein hinein,
die Welt kontrollieren möchtet,
ob irgendwo ein Hoochie-Coochie
sein teuflisches Nestlein errichtet.

Gut, gut – mich treibt die alte Wut
zum alten Wutgebrüll!
Wohin ich trete, überall
der widerliche Müll

von Meldungen und Meinungen,
von Nichts und Eitelkeit.
Der Spiegel zeigt millionenfach
die einzige Einmaligkeit,

von der die letzte Einmaligkeit
mit Pinsel und Skalpell
auf Wunsch beseitigt worden ist,
exakt und prompt und schnell.

Nun sehen alle ähnlich aus.
Ich kann sie nicht unterscheiden.
Denn alle lachen, gleich ob sie
sich freuen oder leiden.

Und ich dazwischen taub und blind –
im übertragenen Sinn –,
ich merke nicht, dass ich schon längst
ein alter Brüller bin.

Ich such' in meinem Kästchen oben
wie jeder alte Mann
nach alten Helden- und anderen Taten,
die ich erzählen kann.

Die Männer erzählen am liebsten vom Krieg,
auch wenn sie keinen hatten;
denn tief im Herzen beneidet jeder
die uniformierten Ratten,

die Städte und Länder überfallen
und alles niederreißen
und hinterher »Helden der Nation« –
ob tot oder lebend – heißen.

Ich habe mich immer ferngehalten
vom priesterlichen Morden.
Obwohl sich Glitzerndes darauf reimt,
zum Beispiel »Tapferkeitsorden«.

Ha, den hätt' man mir *fast* verliehen!
Ein Orden für Gräueltaten!
Ha, ha, *fast* wär' ich eingerückt
zusammen mit euren Soldaten –

nach Irgendwo in der Welt, wo's kracht
und donnert und knattert und fetzt.
Man sagte: Es ist gerecht, wenn du schießt,
normalerweis' nicht, aber jetzt.

Jetzt darfst du, sollst du, musst du sogar,
jetzt bist du ein guter Killer.
Ich steh' in der Reihe, neben mir
ein Volksschullehrer, ein stiller,

bescheidener Familienvater,
der sagt, die Behörden böten
ihm endlich die Gelegenheit
zu töten, zu töten, zu töten.

»Dazu brauch' ich deine Behörden nicht«,
sag' ich und tret' aus der Reihe.
»Mein Herr, für Mord benötige
ich keine höhere Weihe.«

Das hat der stille Familienvater
dem Korporal gepetzt.
Der hat wegen mangelnder Tauglichkeit
mich vor die Tür gesetzt.

So wurde mir der Zutritt zum Feld,
wo Orden und Ehrungen sprießen,
verwehrt. Ich durfte keinem Mann
ein Loch in den Schädel schießen.

Ich tätowier' mir dafür auf den Schwanz
zwei Achten, zwei Asse, die Dame,
und auf die Eier rechts und links
ritz' ich Faschisten-Reklame,

nur weil sie schön rot und schön eckig ist.
Wen's stört, der kriegt den Haken –
»Mein Freund, studier' das Liebesspiel
der heimischen Kakerlaken!«

Ha, ha, das war ... ein kleiner ... Scherz ...
Ich hab' ihn wieder getroffen,
den Lehrer, er ist nun Schuldirektor.
Er dürfe aufrichtig hoffen,

demnächst eine Ehrung zu empfangen …
»Ist's mit dem Töten vorbei?«
Das hab' ich gefragt. Er fragte zurück,
ob ich noch richtig sei …

Die Annika hat geheiratet – ja.
Den Anwalt. Ich hab' ihn gesprochen.
»Tust du der Annika weh, dann hast
du nicht nur mein Herz gebrochen,

zuvor brech' ich dir den Hals, ist das klar?«
Da hat er nur gelacht.
Das Gleiche habe er dem Chef
der Annika klargemacht.

Na, was denn! Wir sind zwei Männer, wie
die Arschlöcher sie nicht mögen.
Für die sind *wir* die Arschlöcher.
Wir geben einander den Segen.

»Ein bisschen«, sagt er, »gehöre ich noch
zur guten alten Jugend,
ein bisschen weht noch der freie Wind,
noch tobt nicht der Sturm der Tugend.«

Und fragte mich: »Wie war's bei dir?
Warst du ein Kavalier?
Warst schüchtern, stürmisch, unverschämt?«
So spricht mein Sohn zu mir –

mein Schwiegersohn, genaugenommen.
Ich grinse ziemlich blöd
und sehe im Spiegel seiner Augen,
dass Blödheit mir gar nicht schlecht steht.

Und werde traurig und denke zurück …
… als ich ein Bub gewesen …
… ich saß am Bach unter einer Weide
und habe *Tom Sawyer* gelesen,

da sah ich auf der anderen Seite
ein Mädchen aus meiner Klasse.
Sie war die Tochter des Autohändlers.
Ich zog ihr eine Grimasse,

die sollte heißen: Schau mich an,
ich kann dich besonders gut leiden,
ich würde gerne mit dir gehen …
Ich wollte nämlich vermeiden,

dass ich mit meiner schiefen Zunge
nach graden Worten grabe.
Am höchsten Zweig der Weide saß
ein missgünstiger Rabe,

der schaute zu mir und schaute zu ihr –
und hat uns ausgelacht.
Das Mädchen winkte zu mir herüber.
Ich wusste, auch sie hat gedacht,

das lassen wir uns von diesem Tier
da oben nicht gefallen. –
Das habe ich nie vergessen. – Der Rabe
umklammert mit seinen Krallen

den Ast, als wollte er den Baum
aus unserer Erde rupfen,
wenn nicht sogar die ganze Erde
sich auf den Buckel lupfen

und weit hinaus ins Weltall tragen,
damit wir dort draußen erfrieren.
Wir beide sind Menschen, dachte ich,
und der da ist eins von den Tieren.

Wir haben uns dann öfter getroffen.
Um zehn in der großen Pause,
da schleckten wir uns von unseren Händen
die rote Himbeerbrause

und huschten hintereinander aufs Klo
und schlossen ab und saugten
einander die Zungen und schnauften; die feuchten
Geschäftigkeiten taugten

uns besser als die trockenen,
und mit verstrubbeltem Haar
verdrückten wir uns in die Klasse zurück,
verliebt und unstillbar,

und nachmittags beim Sportgeschäft
gleich neben dem ADEG im Tor,
wo niemand von draußen hineinsehen konnte,
dort biss sie mir gierig ins Ohr,

und ich hab' ihr den Mittelfinger
ins Höschen hineingesteckt
und hab' ihr – das hatt' ihr noch niemand gemacht –
den Augapfel abgeleckt

und dachte: Die da aus meiner Klasse
und ich, wir könnten …
…
…

Ach, was! Was rede ich da! Das ist
verdorrt, verweht, verblasen.
Die schönsten Worte der Poesie
verwandeln sich in Phrasen,

sobald die Zeit darüber hinweg
und weitergezogen ist.
»Im unverhofften Augenblick
erkennst du, wer du bist …«

Das hab' ich in einem Brief geschrieben –
zerrissen, nicht abgeschickt …
Sie habe inzwischen einen, der –
sie sagte dazu: sie fickt.

Der depressive Realist,
der Spielverderber bin ich,
der auch im tiefsten Graben noch,
wo Schmerz und Verzweiflung innig

sich aneinanderklammern und heulen,
die Schönheit suchen will –
ein eingeschlagener Schädel ist schön,
so bunt, so satt, so still.

Mein Schwiegersohn, der Advokat,
er ist ein prächtiger Mensch,
einsneunzig groß, besucht mich gern,
steht vor der Tür im Trench-

coat, in der Stirn den Borsalino,
wir tun ein bisschen Schach,
im Drüberreden sind wir gut,
im Spielen eher schwach.

»Und wenn's dich aus den Patschen reißt«,
sagt er, »dann sorg dich nicht,
ich bin ein guter Ehemann,
ich hab' zwar Übergewicht

und einen hohen Blutdruck auch,
doch sonst bin ich gesund,
ich komme grad vom Internisten,
mit gar nicht so schlechtem Befund.«

Zum Abschied einen kurzen Klaren,
ich mag am liebsten Zwetschke.
Ein Schnaps kann *einzigartig* sein!
Drum reimt sich auch darauf nichts.

Nun sitz' ich vor meinem Haus und trinke
Kaffee und esse mein Brot,
dazu ein hartgekochtes Ei –
es wird kein Heldentod,

der mir bevorsteht, ich hoffe nur,
er tut nicht allzu weh.
Am liebsten wär' mir, er kommt im Winter:
Ich falle in den Schnee …

Die Mama sagte: »Wenn's einen gibt,
nur einen, mehr braucht's nicht,
auf den du schaust wie ich auf dich,
das langt vor dem letzten Gericht.«

Ich sitze in der Sonne und warte
auf Annika. Sie hat
am Telefon gesagt, sie kommt,
sie sei heut in der Stadt.

Dann hat sie mir einen Witz erzählt –
ich glaub, ich krieg ihn zusammen …
Es waren einmal zwei alte Kartoffeln,
die hatten Schrunden und Schrammen

und lagen in einer Pfanne … Nein,
ich hab' die Pointe versaut.
Die Annika, die kann Witze erzählen!
Wir lachen oft und laut …

www.wieser-verlag.com